Reinhard Staubach

Ermunterung ist steuerfrei

und andere Geschichten

AF189619

Reinhard Staubach

Ermunterung ist steuerfrei

und andere Geschichten

Umschlaggestaltung und
Illustrationen vom Autor

Reinhard Staubach
Ermunterung ist steuerfrei
und andere Geschichten

1. Auflage

© Copyright by Reinhard Staubach
Ebersbach-Musbach, 2017

Herstellung und Verlag:
BoD - Books on Demand, Norderstedt

www.reinhard-staubach.de

ISBN 978-3-7448-1771-4

Inhalt

Kein Badestrand 9

Aus der Rolle gefallen 12

Die Patrone 14

Ein Hund zum Dinner 17

Das Spatzen-Söhnlein 20

Das Schwarzwaldhaus 23

Prinz 4 27

Unterstützung kommt 29

Raubritter Reinhard 30

Schnell „Zum Klabautermann" 32

Würstchen mit Aura 35

Die Wiege der Menschheit 41

Dialog über Rituale 46

Ermunterung ist steuerfrei 51

Gaben von Kostnix 53

Harmonie 55

Unglaubliche Hilfe 57

Wenn ein Licht aufgeht 61

Brunnenvergiftung 65

Eisbein mit Musik 67

Das alte Dokument 71

Die Schmuckliste 76

Wie es euch gefällt 80

Schnitzel, gependelt 82

Kalender gesucht 84

Blutrünstige Bestie 86

Das Rendezvous 88

Empire State Building 91

Attacke in Finnland 95

Der Metall-Container 100

Der Pfosten 102

Martinstag 105

Das Schlossgespenst 109

Der Gipfel 112

Immer, wenn man
die Meinung der Mehrheit teilt,
ist es Zeit sich zu besinnen.

Mark Twain

Kein Badestrand

In Jönköping war ich aus dem Bus gestiegen. Schon am Busbahnhof leuchtete mir Schwedens zweitgrößter See entgegen, der Vättersee. Also schnell den Koffer ins Hotel bringen, dann zurück zum See, an den Badestrand. Von dort war der Sonnenuntergang sicher besonders schön.

Mein Hotel lag in der City, keine fünf Minuten zu Fuß entfernt. Schnell war ich zurück am Bahnhof. Doch da war kein Strand. Zwischen See und Stadt lagen die Eisenbahnschienen. Wieso hatte man den Bahnhof und den Busbahnhof direkt an den See geklebt? Mochten die Schweden in Jönköping nicht baden? Lebte hier eine wasserscheue Volksgruppe, deren Existenz mir bisher entgangen war?

Ich schaute zurück auf die Stadt und wieder zum See. Es wäre doch wunderbar gewesen, an Wochenenden oder nach Feierabend aus der City an den See zu spazieren und ein paar Runden zu schwimmen, ohne das Auto aus der Garage holen zu müssen. Aber nein, die Stadtväter hatten sich dafür entschieden, zwischen See und Stadt die Eisenbahnschienen zu verlegen. Dabei hätten sich die Reisenden doch sicherlich auch darüber gefreut, den Bahnhof mitten in der City zu haben, wie es bei unzähligen anderen Städten üblich ist. Hatten sich die Stadtväter von der Eisenbahngesellschaft einwickeln lassen, damit sich die Durchreisenden aus dem Zug am ungetrübten Blick auf den See ergötzen könnten?

Meine Augen wanderten rechts am Ufer entlang. Ein kleiner Hafen, in dem einige Segel- und Motorbote dümpelten Danach Stand? Nein, kein Strand. Soweit das Auge reichte, Steinbrocken und Gestrüpp am Ufer, kein Strand. Aber links vom Bahnhof - denkste, fast das gleiche Bild, allerdings ohne Hafen. Weit und breit kein Strand.

9

Ich ging zum Hafen und schaute ins Wasser. Es war klar und sauber. Keine Spur von Verunreinigung. Allerdings, weiter links im Westen steht die alte Streichholzfabrik. Ob die noch produziert und Giftiges in den See entsorgt? Jönköping war ja mal international führend in der Streichholzindustrie. Die ersten Streichhölzer entsprachen nicht den heutigen Produkten und waren oft unsicher und explosiv. Man hatte mit verschiedenen Chemikalien experimentiert. Dabei brannte die Fabrik ein paar Mal ab. Ob dabei vielleicht die klugen Köpfe der Stadt in den Flammen umgekommen waren? Anschließend haben dann vielleicht Schwachköpfe das Rathaus besetzt und die Eisenbahnschienen dort verlegt, wo sie immer noch liegen. Ging nun meine Fantasie mit mir durch? Ich gebot ihr ernsthaft Einhalt.

Meine schwedischen Freunde fragte ich schließlich, warum es in Jönköping am Vättersee keinen Strand gebe. Die Antwort erklärte alles: Der See ist so tief, dass das Wasser selbst im heißen Sommer nicht warm genug wird, um darin zu baden. Weiter im Norden gibt es flache Uferabschnitte, wo man baden kann.

Später las ich nach, dass der Vättersee im Süden (also bei Jönköping) über 100 Meter tief ist. Meine Empörung auf die Stadtväter versenkte ich in den Tiefen der dunkelblauen Fluten. Zudem entdeckte ich schmale Sandstreifen am östlichen Ufer im Stadtbereich. Ich hatte sie vom Bahnhof aus nicht sehen können. Aber gebadet hat dort niemand.

Wieso hatte ich mich überhaupt über den fehlenden Strand aufgeregt? Sollen die Schweden doch Stände anlegen, wo sie wollen. Was geht mich das an? Wieso hatte ich die Stadtväter insgeheim als kurzsichtig, beknackt und bekloppt bezeichnet? Nicht die jetzigen, aber jene, die vor etwa einhundert Jahren

die Schienen dort verlegt hatten, wo sie heute immer noch liegen.

Mein Problem: Ich war mit einer Erwartung an den See gekommen, die nicht erfüllt wurde. Nicht die Tatsachen, sondern die eigenen Erwartungen können die Stimmung total vermiesen.

Hätte ich vom Ufer gleich einen Schwarm Haifische im Wasser patrouillieren gesehen, dann wäre ich vielleicht glücklich gewesen, dass es keinen Strand gab.

Aus der Rolle gefallen

Das Desaster war perfekt. Über 200 Leute im Publikum und mein Partner auf der Bühne hält sich nicht an den Text. Es verschlägt mir *stante pede* die Sprache, und er redet unbekümmert weiter, als gehöre es sich so. Insgeheim staune ich über seinen Einfallsreichtum. Offenbar hat er seinen Text vergessen und ist nun buchstäblich aus der Rolle gefallen. Wir spielen einen scharfen Disput, ein Wort gibt das andere. Kein Platz für eine Gesprächspause. Die Souffleuse verfolgt mit großen Augen das Geschehen auf der Bühne und hüllt sich in Schweigen. Wie soll ich da nun wieder einsteigen? Augen zu und durch.

Nach der Szene haue ich meinen Partner hinter der Bühne an: „Was war denn mit dir los? Wieso bringst du so einen irren Text? Die Szene lief bisher doch immer gut?"

Alfred grinst: „Wieso ich? Du hast dich doch nicht an den Text gehalten."

Frechheit!

„Du hättest sagen müssen", fährt er fort und zitiert: „‚...holen Sie die Frau zurück, bevor es zu spät ist', dieser Satz ist aber nicht von dir gekommen. Darin steckt mein Stichwort, nämlich ‚zurückholen'. Weil das nun nicht kam, musste ich mir etwas anderes einfallen lassen. Logo?"

Als er die Stelle zitiert, verschwindet der Nebel aus meinem Gehirn. Er hat Recht! Nicht er, sondern ich war aus der Rolle gefallen.

„Stimmt. Tut mit leid."

„Vergiss es. Die Zuschauer haben eh nichts gemerkt."

Auch das war richtig, durch seine spontane Improvisation, war die Szene gerettet worden. Ein großartiger Kollege.

Wir sind beide keine professionellen Schauspieler, sondern Mitglieder im dörflichen Theaterverein. Jährlich ein humorvolles Bühnenwerk einzustudieren, bereitet uns viel Freude. Ich war erst mit 50 auf die Bretter, die angeblich die Welt bedeuten, getreten. Und ich staunte darüber, dass ich selbst längere Textpassagen auswendig lernen konnte. In der Schule war ich stets im Boden versunken, wenn ich ein Gedicht aufsagen sollte.

Jene Bühnenszene, in der ich bei meinen Partner unberechtigt beschuldigt hatte, verfolgte mich noch Jahre später. Denn bereits als Kind hatte ich in der Sonntagsschule die Aussage Jesu aus der Bergpredigt gelernt:

Warum siehst du den Splitter im Auge deines Bruders, aber den Balken in deinem Auge bemerkst du nicht? Wie kannst du zu deinem Bruder sagen: Lass mich den Splitter aus deinem Auge herausziehen! - und dabei steckt in deinem Auge ein Balken? Du Heuchler! Zieh zuerst den Balken aus deinem Auge, dann kannst du versuchen, den Splitter aus dem Auge deines Bruders herauszuziehen. - (Mt 7:3-5)

Den Balken im eigenen Auge zu bemerken, kann verdammt schwierig sein. Ich war beim Theaterspiel gar nicht auf die Idee gekommen, dass ich einen Fehler gemacht haben könnte, dass ich einen Balken im eigenen Auge übersah. Ohne nachzudenken hatte ich die Schuld bei meinem Bühnenpartner gesucht.

Den entscheidenden Satz mit dem wichtigen Stichwort hatte ich nicht absichtlich übergangen. Ich hatte nicht einmal bemerkt, dass er fehlte, obwohl ich den Satz in den vorangegangenen Vorstellungen stets an der richtigen Stelle sagte.

Vermutlich hat mein Versagen nicht den Weltfrieden gefährdet. Dennoch, wie war der Balken in mein Auge gekommen? Fehler zu machen, ist eine menschliche Eigenschaft. Sie zu verbergen, oder Fehler zu rechtfertigen, ist bisweilen unverzeihlich.

Die Patrone

Geschichtsunterricht in der Schule kann nerven, besonders, wenn eine Klassenarbeit ansteht. Wann war der Dreißigjährige Krieg? Wie hießen die Schiffe, mit denen Kolumbus Amerika entdeckte? Warum trat Bismarck als Reichskanzler ab? Und so weiter, und so weiter. Daten und Fakten, die niemanden interessierten. Doch Olli gestaltete den Geschichtsunterricht einzigartig, und kein Schüler wagte zu stören. Bis auf ein Mal, aber das geschah unabsichtlich.

Olli nannten wir unseren Lehrer, manchmal liebevoll, oft respektvoll und zuweilen ein bisschen ängstlich. Er war ein Mann in den besten Jahren und unterrichtete an der Glückstädter Volksschule Deutsch, Mathematik, Physik, Geschichte und was sonst noch an Volksschulen jener Zeit geboten wurde. Nur beim Sport war Olli nie zu sehen.

Es geschah, als ich im sechsten Schuljahr war. Auf dem Stundenplan stand Geschichte. Olli hatte sich auf den Schreibtisch gesetzt und die Beine baumeln lassen. Nur zum Geschichtsunterricht setzte er sich auf den Schreibtisch, nie bei einem anderen Unterrichtsfach. Jedes Mal wunderte ich mich über seine dünnen Beine. Denn Olli war recht korpulent. Doch seine Beine und Arme steckten wie nicht dazu gehörend am runden Köper. Wenn er ging, fiel es nicht so auf, weil er stets weite graue Anzüge trug. Dazu Schlips und Kragen, was um 1960 bei Lehrern üblich war. Doch wenn Olli sich auf den Schreibtisch setzte und seine Beine baumeln ließ, dann entstand zwischen dem Hosensaum und den Schuhen eine Lücke, in der die weißen Streichholzbeine hervor leuchteten.

Jeder Lehrer hat seine Methode, die Schüler zu disziplinieren. Wir hatten beispielsweise einen, der uns stolz seinen neu erworbenen Rohrstock zeigte und ausführte, wie er zur Anwendung kommen würde. Er ließ es nicht nur bei der Demonstration, der Rohrstock kam tatsächlich zum Einsatz. Damals war die Prügelstrafe in der Schule noch gang und gäbe.

Olli disziplinierte die Schüler mit seiner Stimme. Nie wurde er handgreiflich. Seine Stimme reichte. Die wurde dann nicht nur einfach laut, er brüllte wie ein Löwe. Hatte er zuvor noch in Zimmerlautstärke gesprochen, so donnerte er plötzlich los, dass buchstäblich die Scheiben klirren. Sein Organ vernahm man im gesamten Schulgebäude und auf dem Schulhof bei geschlossenen Fenstern und Türen. - Nach so einem Ausbruch herrschte Ruhe, und alle Schüler waren eingeschüchtert. Ollis Methode, für Ruhe zu sorgen, funktionierte.

Im Geschichtsunterricht kamen derartige Ausbrüche nicht vor, bis auf das eine Mal. Seiner Meinung nach sollten die Schüler etwas über die historischen Ereignisse erfahren.

Olli setzte sich auf den Schreibtisch und erzählte Geschichte. Das konnte er so interessant, dass alle aufmerksam zuhörten. Er berichtete mit ruhiger Stimme auf eine Art und Weise, als wäre er selber dabei gewesen. Ein Bericht aus erster Hand, sozusagen. Dabei spielte es keine Rolle, ob er von den Germanen, den Römern oder dem Dritten Reich berichtete. Er wusste unglaublich viele Details über die historischen Ereignisse. In der Klasse war es stets mucksmäuschenstill, niemand schlief, alle lauschten gespannt.

Auch Axel war offenbar von der Erzählung so fasziniert, dass er nicht mehr darauf achtete, was er unter der Schulbank tat. Er hatte eine Patrone mitgebracht und stocherte mit der Zirkelspitze daran herum. Ich sah, was er tat, dachte mir aber nichts dabei. Nach Manövern der Marine oder des Heeres konnte man hin und wieder in der Umgebung derartige Patronen finden, die die Soldaten in ihren Gewehren verwendeten. Gewöhnlich waren sie leer, kleine Blechhülsen, die an einer Seite offen waren.

Doch Axel hatte eine Patrone gefunden, die noch verschlossen war. Plötzlich knallte es, und Axel war in eine bläuliche Rauchwolke gehüllt. Olli erkannte sofort den Übeltäter, sprang vom Schreibtisch und brüllte Axel an, dass allen Schülern das Blut in den Adern gefror.

Axel blieb unverletzt. Auch sonst war niemand zu Schaden gekommen. Nachdem sich der Rauch verzogen hatte und Olli wieder Zimmerlautstärke anschlug, verkündete er das Strafmaß: vierzig Seiten eines Schulheftes Zeile für Zeile voll schreiben mit dem Satz: *Ich darf den Unterricht nicht stören.*

Axel blickte verstört. Die Strafe war hoch, aber nicht ungerecht und außerdem machbar. Ein ganzes Schulheft vollschreiben in zwei Tagen.

Nach einer kleinen Pause machte Olli einen Alternativvorschlag. Im städtischen Kino laufe gerade der Film „Die Feuerzangenbowle". Er habe den Film mit Heinz Rühmann in der Hauptrolle bereits gesehen. Er basiere auf dem gleichnamigen Roman von Heinrich Spoerl. Das sei ein wunderbarer Film über einen erfolgreichen Schriftsteller, der inkognito wieder zur Schule gehe und dort allerlei Unsinn anstelle. Deshalb schlage er vor, dass Axel die Strafarbeit nicht zu schreiben brauche, wenn er die gesamte Schulklasse in den Film einlade.

Axels Augen leuchteten auf. Die Schüler jubelten. Allerdings, so viel Taschengeld hatte Axel nicht, um die über vierzig Jungen in der Klasse einzuladen. Olli meinte, er solle wegen des Geldes mit den Eltern reden. Axels Eltern waren zwar keine Millionäre, gehörten aber zu den Wohlhabenden in Glückstadt.

Am nächsten Tag verkündete Axel, dass seine Eltern ihm das Eintrittsgeld fürs Kino vorschießen würden. So traf sich also die gesamte Schulklasse mit Olli am Samstagnachmittag vor dem Kino der Stadt. Großartig.

Ein Hund zum Dinner

Das Restaurant an der Landstraße außerhalb des Dorfes machte einen guten Eindruck, gepflegt und sauber. Soeben war der Abendstern aufgegangen, und dezente Lampen erhellten das Gebäude. Mit der Lady meines Herzens beschloss ich, die kulinarischen Angebote der Küche zu testen. Weil es ein warmer Sommerabend war, setzten wir uns an einen Tisch auf der Terrasse.

Kaum waren die Speisen serviert und der Ober wieder im Gebäude verschwunden, tappte ein riesiger, schwarzer Hund gemächlich um die Hausecke, wie ein Wachmann, der seine Runden dreht. Doch er drehte keine Runde. Noch ahnte ich keinen Ärger, obwohl er mich an Satan persönlich erinnerte. Hatte ich so ein Tier nicht auf mittelalterlichen Teufelsdarstellungen gesehen? Der Mischling war offenbar das Ergebnis einer leidenschaftlichen Liebe zwischen einem Berner Sennenhund und einem belgischen Bloodhound. Er steuerte langsam und zielstrebig auf unseren Tisch zu.

Er war groß; seine Schnauze würde bis an die Tischkante reichen. Auch dass bemerkte ich, obwohl er noch etliche Meter von unserem Tisch entfernt war. Nun bin ich zwar tierlieb, aber als jener schwarze Geselle bis auf eine Armlänge heran gezottelt war und gierig auf meinen Teller schaute, erkannte ich die Grenzen meiner Tierliebe. Ich war nicht bereit, mir mein Nachtmahl wegschnappen zu lassen, und informierte ihn deutlich und unmissverständlich darüber.

„Pfui!", sagte ich. Und noch einmal etwas lauter: „Pfui! Verdufte! Hau ab! Das ist mein Essen! Geh weg! Weg hier! Verschwinde!" Die letzten Worte hatte ich schon etwas lauter gesagt.

Doch den schwarzen Kerl interessierten meine Wünsche nicht im Geringsten. Als habe er nichts gehört positionierte er seine Schnauze noch näher an den Steak-Teller. Die Situation wurde brenzlig. Die Lady meines Herzens schaute mich mit großen Augen an und hielt ihre Hände schützend über ihren Teller. Doch sobald es darauf ankäme, würde sie die makellos lackierten Fingernägel blitzschnell in Sicherheit bringen. Da war ich mir sicher.

Keine Frage, jetzt war meine Stunde als Beschützer und Retter gekommen. Denn nachdem der ungebetene Gast meinen Teller geleert hätte, würde er sich über den der Lady meines Herzens hermachen. Und wer weiß, vielleicht mochte er auch meine strammen Fußballerwaden. Das musste verhindert werden. Aber was sollte ich tun?

Vom Ober keine Spur. Wir waren die einzigen Gäste auf der Terrasse. Das schwarze Monstrum hatte meine eindeutigen Befehle schlichtweg ignoriert. Aus seinem riesigen Maul

18

hing eine feuchte Zunge, und aus beiden Maulwinkeln tropfte es. Das Steak hatte es ihm offenbar angetan, es duftete aber auch zu verführerisch und ich wusste: Es schmeckte vorzüglich. Allein deshalb wollte ich es nach nur zwei Bissen nicht kampflos hergeben.

Ich sah mich nach einem geeigneten Mordinstrument um. Denn mit bloßen Händen mochte ich mich nicht auf das schwarze Ungeheuer stürzen. Die Gabel, das Messer - Spielkram. Der leere Stuhl am Nachbartisch, damit das Untier in die Flucht schlagen? Nein, mit Sicherheit nicht, filigranes Rohrgeflecht, ein Prankenhieb, und ich stünde mit leeren Händen da. Warum kam denn niemand aus dem Restaurant? Man musste doch meine markerschütternden Befehle gehört haben. Sollte ich den ganzen Nachbartisch auf die Bestie schleudern? Auch aus Rohrgeflecht, aber deutlich stabiler.

Da hatte die Lady meines Herzens die rettende Idee. Ihre grünbraunen Augen funkelten den Bluthund an, und sie sagte laut und scharf ein einziges Wort: „Non!!!"

Augenblicklich senkte der Köter den Kopf, zog den Schwanz ein, machte sich klein und verschwand schnurstracks hinter der Hausecke.

Mit offenem Mund sah ich die Lady meines Herzens an. „Wie, der hört nur auf Frauen und nicht auf Männer?", wollte ich fragen.

„Nun", antwortete sie ruhig und legte ihre Hand auf meine. „Schau mal, die Speisekarte ist in französischer Sprache, der Ober sprach mit uns französisch, kurz: Wir sind in Frankreich. In diesem Land, wo schon die kleinen Kinder französisch sprechen, müssen wir davon ausgehen, dass auch die Hunde ausschließlich die Landessprache verstehen."

„Aha", sagte ich tonlos.

„Du sprachst deutsch mit dem Hund. Das hat er nicht verstanden. Mein französisches 'Non' hingegen, hat er sofort kapiert."

Einsichtig stimmte ich ihr zu. Wie konnte ich diese Selbstverständlichkeit übersehen? Wenn man sich Gehör verschaffen will, muss man die Sprache sprechen, die verstanden wird. - Und das trifft nicht nur auf Hunde zu.

Das Spatzen-Söhnlein

An einem warmen Sommertag saß ich in einem geräumigen Selbstbedienungsrestaurants eines gigantischen Einkaufszentrums. Einige Fenster, die vom Boden bis zu Decke reichten, hatte man aufgeschoben. Zwei Spatzen waren in das Restaurant geflogen und zankten sich lautstark in unmittelbarer Nähe meines Tisches auf dem Boden um ein Stückchen Brot. Doch als ich genau hinsah, erkannte ich meinen Irrtum. Die Spatzen stritten sich gar nicht um den Brotkrumen.

Die Schnabelwinkel des einen Spatzen leuchteten noch etwas gelb. Er war also noch jung, konnte aber schon fliegen, jenes Spatzen-Söhnlein. Er tschilpte lautstark und sperrte seinen breiten Schnabel weit auf. Der andere Spatz war offenbar sein Vater. Wie schon beim Söhnlein, erkannte ich sein Geschlecht an den Farben und dem Muster seines Gefieders. Spatzen-Vater hatte den Brotkrumen vor seinen Sohn gelegt und tat so, als wolle er ihn selber fressen. Immer wieder pickte er danach, fraß das Brot aber nicht.

Spatzen-Vater zeigte auf diese Weise seinem Sohn, dass er das Brot vom Boden aufpicken und fressen sollte. Er schien zu sagen: „Die Zeiten sind vorbei, wo ich dir alles in den Schnabel stopfte. Hier, friss selber."

Aber Spatzen-Söhnlein begriff nicht oder wollte nicht begreifen. Vielleicht war er schlicht und ergreifend dumm. Das gibt es nicht nur unter Menschen. Auch Tiere der selben Gattung können begriffsstutzig und tollpatschig, andere schnell und flink sein. Einige gebrauchen ihr Gehirn sofort, andere schauen staunend in die Welt und werden gefressen.

Spatzen-Söhnlein riss weiterhin laut tschilpend seinen Schnabel auf und erwartete, dass etwas hinein gestopft würde. Schließlich schnappte Spatzen-Vater das Brotstück und steckte es in den Schnabel seines Sohnes, der sich daran fast zu verschlucken drohte. Doch kaum war das Brot verschlungen, begann er gleich wieder kläglich zu tschilpen, als hätte er noch nie einen Bissen bekommen.

Spatzen-Vater flog davon und kam nach wenigen Augenblicken mit einem neuen Brotkrumen im Schnabel zurück. Er schien sich im Restaurant gut auszukennen und wusste offenbar, wo es die besten Bissen gab. Die Gäste stellten nach der Mahlzeit ihre Tabletts in die dafür vorgesehen Regale. Auf deren Teller lagen häufig Reste. Davon konnte so ein kleiner Vogel sicher gut leben. Vielleicht hatte Vater-Spatz auch ein Abkommen mit dem Koch.

Wieder legte er das Brot vor seinen Sohn und tat, als wolle er es selber fressen. Doch der junge Spatz begriff es wieder nicht. Ich bewunderte Spatzen-Vaters Geduld, der seinen Schnabel immer wieder in das Brotstück steckte, ohne es zu verschlingen. Schließlich stopfte er seinem erbärmlich tschilpenden Sohn doch den Schnabel.

Zwar verstehe ich die Spatzensprache nicht, doch das Verhalten des erwachsenen Sperlings offenbarte mir etwas davon. Bevor er ein neues Stücken Brot holte, schien er seinem Söhnlein gesagt zu haben: „Folge mir. Ich zeige dir, wo es reichlich zu fressen gibt." Doch der kleine Junge flog nur auf die nächste Stuhllehne, wo er tschilpend sitzen blieb.

Ich saß nicht lange genug an jenem heißen Sommertag im Restaurant, um zu beobachten, ob Spatzen-Söhnlein doch noch verstand, was von ihm erwartet wurde. Eines war jedoch sicher: Wenn er nicht schnellstens seine Lektion lernte, würde er jämmerlich verhungern, obwohl er reichlich von Speisen umgeben war. Denn unter Spatzen ist es nicht üblich, dass die Väter ihren Nachwuchs bis ins hohe Alter durchfüttern.

Das Schwarzwaldhaus

Nicht jeden Tag stößt man auf einen unvorstellbaren Fehler in einem Buch. Ich hätte mir einige schlaflose Nächte erspart, wenn es damals schon das Internet gegeben hätte. Doch in meiner Jugend war für weite Teile der Bevölkerung selbst das Wort Computer gänzlich unbekannt. Deshalb filterte ich brisantes Wissen aus einem aktuellen Volkslexikon, das alle Stichwörter nur knapp erläuterte und mich oft in Unwissenheit ließ.

Für viele Zeitgenossen mag es völlig unbedeutend sein, ob es auf dem Dach eines Hauses einen Schornstein gibt oder nicht. Nicht so für mich, damals. Denn ich wurde das Gefühl nicht los, im dicken Lexikon eines großen Verlagshauses einen kolossalen Irrtum entdeckt zu haben.

Ich wollte nie Maler werden. Weder so einer, der Wände anstreicht, noch so einer, der mit winzigen Pinseln bunte Punkte auf die Leinwand tupft. Dennoch reizt es mich, von Zeit zu Zeit mit Stift oder Pinsel meiner Fantasie freien Lauf zu lassen. Besonders während meiner Pubertät frönte ich dieser Leidenschaft. Ich zeichnete nicht nur mit Stift und Tusche, sondern auch mit echter Ölfarbe.

Auf der Suche nach einzigartigen Motiven stieß ich eines Tages im erwähnten Lexikon auf die Zeichnung eines Schwarzwaldhauses. Die Abbildung im Briefmarkenformat offenbarte wenig von der Schwarzwaldlandschaft rings ums Haus. Doch das war auch nicht notwendig. Für Feld, Wald und Berge hatte ich ausreichend Phantasie. Mit etlichen Tuben Ölfarbe und viel Begeisterung begann ich mein Werk. Und dann entdeckte ich den gigantischen Fehler im Lexikon: Das Schwarzwaldhaus hatte keinen Schornstein.

Es war ein großes Haus mit einem riesigen Walmdach, das an der linken Seite fast den Berghang berührte. So ein gewaltiges Dach und kein Schornstein oben drauf, nicht einmal die Andeutung eines winzigen Kamins! Wie hatten die Lexikon-Autoren nur so schlampig sein können?

Nun, dass würde ich in meinem Gemälde korrigieren. Auf welche Seite des Daches sollte ich den Schornstein setzen, links oder rechts? Oder vielleicht mitten auf den Dachfirst? Ich blätterte erneut im zeitgenössischen Lexikon, um die Abbildung eines anderen Hauses zu finden, eines mit Schornstein. Nichts, ich konnte kein Haus mit Schornstein finden. Deshalb malte ich das Schwarzwaldhaus zunächst ohne Kamin; den konnte ich ja immer noch drauf setzen.

Den Kopf im Nacken, schritt ich am nächsten Tag durch unsere kleine norddeutsche Stadt, jedes Dach fest im Blick. Ich hatte mich nicht getäuscht. Aus jedem Hausdach ragte ein Schornstein, manchmal sogar zwei oder drei. Alle Straßen lief ich ab, kein Zweifel, jedes Wohnhaus verfügte über mindestens einen Schornstein. Hätte ich ein Haus ohne Kamin gefunden, dann hätte ich geklingelt und gefragt, weshalb das Haus keinen Schornstein hat. Doch so ein Haus fand ich nicht.

Diese Pfuscher, die das Lexikon fabriziert hatten. Konnte ich überhaupt noch einem Wort in dem Buch des Wissens glauben? Viel Geld hatten meine Eltern dafür bezahlt. Und dann war darin nicht einmal ein Schwarzwaldhaus mit korrektem Schornstein abgebildet. Wir sollten unser Geld zurück fordern.

Aber wohin sollte ich den Schornstein malen? Auf der Sonnenseite oder eher auf der Schattenseite? Nachts träumte ich von meinem schornsteinlosen Haus. Wieder lief ich durch die Stadt. Auf welcher Hausseite kamen die Kamine häufiger vor, Nord- oder Südseite? Es schien keine Regelmäßigkeit zu geben. Jeder Baumeister setzte den Schornstein offenbar nach Belieben. Gut, es spielte also keine Rolle, wohin ich den Schornstein malte.

Ich hatte schon den Pinsel voll Farbe, hielt dann jedoch inne. Wie sollte ich den Schornstein malen? Einen kurzen, dicken oder einen schlanken, langen? Mit einer Abdeckung oben drauf oder ohne? Mit Schindeln umgeben, oder blanke rote Ziegel? Was war typisch für einen Schwarzwaldschornstein? Verdammt, ich hatte noch nie ein echtes Schwarzwaldhaus gesehen. Nach einer weiteren schlaflosen Nacht sah ich mir die Kamine in der Stadt noch einmal an. Sie waren fast so unterschiedlich wie die Häuser.

Wieder zu Hause, begrüßte mich meine Mutter mit den Worten: „Ein wunderschönes Bild hast du gemalt. Oma hat Geburtstag, das könnten wir ihr zum Geburtstag schenken."

„Ja, aber es ist noch nicht ganz fertig...", versuchte ich einzuwenden.

„Das ist so schön, da freut Oma sich bestimmt riesig", sagte meine Mutter. „Da brauchst du nichts mehr zu verbessern. Male ein neues Bild."

Meine Großmutter freute sich über das Gemälde und hängte es im Wohnzimmer auf, obwohl es auf dem Schwarzwaldhaus keinen Schornstein gab. Niemand schien diesen Fehler zu bemerken. Nachdem meine Oma gestorben war, erbte Tante Grete das Bild, bei der es auch in der Stube hing. Nach Tante Gretes Ableben fiel das Bild meiner Mutter zu.

Auch meine Mutter ist inzwischen gestorben, und ich erbte das Gemälde. Es kam so nach Jahrzehnten zum Schöpfer zurück, ein Schwarzwaldhaus ohne Schornstein.

Aber ich bin froh, dass die Umstände es mir damals nicht erlaubten, einen Schornstein auf das Hausdach zu malen. Denn inzwischen weiß ich, dass jene Lexikon-Macher nicht geschludert hatten, und dass in jene uralten Schwarzwaldhäuser tatsächlich kein Kamin eingebaut wurde.

Im Freilichtmuseum sah und roch ich es dann. Das Haus wurde aus der Küche beheizt, wo es die einzige Feuerstelle gab. Der Rauch zog über einen geräumigen Rauchfang, in dem gleichzeitig Fleischvorräte geräuchert wurden, durch das Dach ab. Er sorgte für die Neutralisierung der Feuchtigkeit im Haus und konservierte gleichzeitig das hölzerne Gebälk. Vielleicht wurde der Rauchgeruch vom Duft des herrlichen Schwarzwaldschinkens überdeckt.

Wie gut, dass ich damals keine Gelegenheit hatte, den Schornstein hinzuzumalen. Ich hätte mich ja unsterblich blamiert.

Prinz 4

Mein erstes eigenes Auto war ein NSU Prinz 4 in feuerwehrrot. Heute sieht man derartige Mini-Limousinen nur noch mit Oldtimer-Kennzeichen, wenn überhaupt, oder im Museum. Ich erwarb den Prinz gebraucht mit zahlreichen Rostlöchern im Boden. Dennoch fuhr ich mit seinen 30 PS unter der Heckhaube viele Kilometer, bei einer Spitzengeschwindigkeit von 112 Stundenkilometern. Ich besuchte die Lady meines Herzens am anderen Ende der Republik und baute meinen ersten Unfall auf jenen vier kleinen Rädern. Es war das beste Auto aller Zeiten, jedenfalls für mich, damals. In der kalten Jahreszeit lehrte es mich sogar einen physikalischen Grundsatz, der auch in anderen Lebensbereichen Gültigkeit hat.

Der Motor meines Superautos mochte den Winter nicht. Besonders bei Frost verhielt er sich mucksmäuschenstill, wenn ich bei eisiger Kälte den Zündschlüssel drehte. Manchmal würgte er so erbärmlich, dass ich aus Mitleid um mein Herz fürchten musste. Es waren nicht immer ein paar kräftige Burschen zur Stelle, die das Auto mit mir auf dem Fahrersitz anschoben. Besonders am Sonntagmorgen, wenn ich mich auf den Weg zur Kirche machen wollte, ließ sich keine Seele blicken. Die jungen Kerle lagen alle vermutlich berauscht im warmen Bett. Deshalb erfand ich eine andere Lösung.

Mit einer Hand am Lenkrad, der anderen an der geöffneten Fahrertür und der rechten Schulter im Türrahmen, schob ich den Prinz 4 selber an. Zwar brachte das Auto unbeladen nur knapp 600 kg auf die Waage, dennoch kostete es mich all meine Kraft, bis die Reifen auf waagerechter Straße rollten. Bei vereister Fahrbahn war besondere Vorsicht geboten. Dann musste ich mich gelegentlich an die Fahrertür klammern, weil die Räder auf meine Füße zu kamen.

Wenn der Wagen nämlich einmal rollte, konnte ich ihn fast mit dem kleinen Finger am Laufen halten. Ja, das kleine rote Auto machte Anstalten, ohne mich zu fahren. Aber ich war jedes Mal schneller. In vollem Lauf sprang ich hinter das Lenkrad, legte den ersten Gang ein und ließ die Kupplung gefühl-

voll kommen. Der Motor ruckelte und heulte auf, wenn ich das Gaspedal durchtrat. Schmerzhaft spürte ich jeden Kolbenstoß in meinen Gliedern. Auf diese Weise brachte ich meinen Prinz 4 bei eisigen Temperaturen oft zum Laufen. Meistens klappte es beim ersten Versuch.

Ein stehendes Auto aus seinem Ruhezustand zu bringen, erfordert viel Kraft. Mehr Kraft, als es anschließend am Laufen zu halten. Sich selber aus seinen Gewohnheiten und Denkmustern zu bringen, erfordert mindestens ebenso viel Kraft. Aber wenn man dann einmal „rollt", ist es herrlich.

Unterstützung kommt

Die Straßenbahn drohte aus den Fugen zu geraten. Bis an die Eingangstüren drängten sich die Leute. Die Luft roch nach Schweiß. Immerhin, niemand musste fürchten umzufallen, außer an einer Stelle. Dort gab es eine Lücke.

Zwei Jugendliche hatten es sich bequem gemacht, sehr bequem. Ihre beschuhten Füße lagen auf den gegenüberliegenden Sitzplätzen. Es kümmerte sie nicht, dass sie dadurch vier Plätze belegten.

Ein elegant gekleideter junger Mann in hellem Staubmantel, darunter weißes Hemd und Krawatte, sagte höflich: „Würden Sie bitte Ihre Füße von den Sitzen nehmen."

Keine Reaktion bei den Jungen. Als hätten sie nichts gehört, alberten sie miteinander weiter. Ich überlegte, mit welchen Worten ich dem jungen Mann zur Seite springen könnte, um die Flegel zur Räson zu bringen. Aber ich war nicht schnell genug.

Ein korpulenter Bauarbeiter drehte sich zu den jungen Rüpeln und donnerte: „Nimm de Föit dor rünner!"

Der Satz entsprach nicht dem lokalen Dialekt, wurde aber dennoch verstanden. Augenblicklich zogen die Bengel ihre Beine ein, und es gab zwei freie Sitzplätze.

Eine höfliche Aufforderung wird manchmal missachtet. Mit richtiger Betonung und in passender Lautstärke stellt sich der gewünschte Erfolg oft schneller ein.

Raubritter Reinhard

Fährt man auf der Autobahn von Frankfurt am Main nach Hamburg, so kommt man kurz hinter Gießen an der Autobahnraststätte Reinhardshain vorbei. Da es nicht so viele Orte gibt, die meinen Vornamen enthalten, war ich neugierig und forschte nach. Dabei stieß ich auf die Sage vom Raubritter Reinhard.

Er soll im Reinhardswald gelebt haben, der über 100 Kilometer nördlich von der Raststätte liegt. Der Reinhardswald ist einer der größten Wälder Deutschlands und liegt im Norden von Hessen zwischen Kassel und Bad Karlshafen. Dort wachsen viele zum Teil uralte Eichen und Buchen. Das soll aber nicht immer so gewesen sein. Der Sage nach pflügten und bestellten einst Bauern die sanft gewellte Ebene.

Es gibt mehrere Sagen darüber, wie der Reinhardswald entstand und wie er zu seinem Namen gekommen ist. Mir gefällt die Variante vom Raubritter am besten. Danach soll dort vor etwa 700 Jahren ein Graf Reinhard sein Unwesen getrieben haben. Denn König und Kaiser benötigten zu jener Zeit keine Ritter mehr, die deswegen bei Kriegseinsätzen keine Beute mehr machen konnten. Ihrer wichtigsten Einnahmequelle beraubt, begannen die gepanzerten Adligen eigene Raubzüge. Sie fielen über Kaufleute her und unterdrückten die Bauern in ihrem Herrschaftsbereich.

So lebte auch Ritter Reinhard und raubte, was er kriegen konnte. Auf den Handelswegen überfiel er die Postkutschen und Kaufmannswagen. Er übertrieb. Man ergriff ihn, klagte ihn an und verurteilte ihn zum Tode. Er bettelte und drohte. Raubritter Reinhard gab nicht auf. Er erreichte schließlich, dass das Urteil nicht sogleich vollstreckt wurde, sondern erst, nachdem man seinen letzten Wunsch erfüllte. Dann solle man ihn hinrichten. Er wünschte, noch einmal den Boden bestellen zu dürfen, noch einmal aussäen und ernten zu dürfen. Seines Weibes und seiner Kinder wegen gestattete man diesen Wunsch.

Listig rettete Graf Reinhard mit dieser einfachen Bitte sein Leben. Denn er säte nicht etwa Weizen oder Hafer, was man erwartet hatte. Verwundert befolgten die Knechte, was der Graf anwies, und streuten Eicheln aus. So dauerte es Jahrzehnte, bis die Eichenstämme kräftig und groß genug für die Ernte waren.

Der einst zum Raubritter abgerutschte Graf soll in Freiheit alt geworden und eines natürlichen Todes gestorben sein, ohne die erste Ernte zu erleben. Denn wegen des Urteils durfte man ihn nicht vorher hinrichten. Den auf diese Weise entstandenen Wald benannte man nach ihm Reinhardswald.

Jedes Mal, wenn ich mich auf der Autobahn dem Rasthof Reinhardshain nähere, muss ich an meinen Namensvetter Graf Reinhard denken, der ein klares Ziel vor Augen hatte: er wollte leben.

Schnell „Zum Klabautermann"

Während der Schulzeit verdiente ich mir wertvolles Taschengeld als Botenjunge bei einer großen Wäscherei. Die Arbeit war einfach und leicht zu bewerkstelligen. Schmutzige Wäsche holte ich bei den Kunden ab, frisch gewaschene oder auch gereinigte Kleidung brachte ich zurück. Damals kannte ich jede Gasse, jeden Hinterhof und fast jedes Treppenhaus der Stadt. Für den Transport stand mir ein Spezialfahrrad zur Verfügung. Derartige Fahrräder sieht man nur noch sehr selten in Deutschland. Die Wäscherei hatte zwei dieser Lastenfahrräder aus Holland importiert.

Dort, wo bei normalen Fahrrädern das Vorderrad sitzt, befand sich kein Rad, sondern eine ausgeklügelte, breite Erweiterung des Fahrradrahmens. All ihr Können hatten die Konstrukteure hineingesteckt, damit zwischen Lenker und einem winzigen Vorderrad eine große Blechwanne passte, die über dem Boden schwebte. In die Wanne konnte man viel hineinpacken, sogar eine Person mit Gepäck. Das Lastenfahrrad war folglich erheblich länger als ein normales Fahrrad.

Jeder, der sich zum ersten Mal auf das Fahrrad setzte, musste lernen, damit zu fahren, auch wenn er bereits Fahrrad fahren konnte. Der Lenker steckte zwar an der üblichen Stelle, aber damit lenkte man das kleine, über einen Meter entfernte vordere Rad mittels eines Gestänges unterhalb der Wanne. Daraus ergab sich ein völlig neues Fahren, welches besonders in den Kurven Fingerspitzengefühl verlangte. Denn ging man zu scharf in die Kurve, schrappte die über einen halben Meter breite Wanne auf der Fahrbahn, und man lief Gefahr, aus dem Sattel gehoben zu werden und sich mit blutenden Händen und Knien auf der Straße wiederzufinden. Zog man den Bogen zu weit, geriet man auf die Gegenfahrbahn, wodurch ein Unfall mit entgegen kommenden Fahrzeugen drohte. Wie ein LKW-Fahrer mit drei Anhängern musste man berechnend vor der Kurve oder Kreuzung ausholen, um elegant in der Spur zu bleiben. Schon nach kurzer Zeit beherrschte ich das Transportfahrrad perfekt und erntete neidische Blicke, wenn ich durch die Stadt raste. Denn schnell sein war bares Geld.

Nicht, dass die Wäscherei schlecht entlohnte. Nein, die Bezahlung war in Ordnung. Die Herausforderung bestand vielmehr darin, dass die Wäscherei zwei Botenjungen beschäftigte. Wer von uns beiden nach der Schule zuerst in der Wäscherei eintraf, schnappte sich die besten Pakete und Päckchen und die besten kleinen blauen Karten. Auf den blauen Karten standen die Adressen jener Kunden, bei denen etwas abgeholt werden musste. Damit nicht genug. Denn während man unterwegs war, stellte die Wäscherei den Betrieb nicht ein. Neue Pakete wurden auf das Auslieferungsregal gelegt. Auch das Telefon klingelte ständig, und Kunden wollten Schmutzwäsche loswerden. Demzufolge steckten neue blaue Karten im

Bord. Man musste also schnell wieder zurück sein, um sich erneut die besten Kunden auswählen zu können.

So ergab es sich, dass einige Auftraggeber erst am Abend bedient wurden, während andere schon mittags ihre frisch gewaschenen oder gereinigten Sachen in Händen hatten.

„Zum Klabautermann", einem Gasthaus, fuhr ich besonders gerne. Mein Kollege allerdings auch. Doch ich trickste ihn aus, so oft ich konnte. Mit der Zeit wusste ich nämlich, wann die gewaschenen Tischdecken ausgeliefert werden mussten, und ich kalkulierte meine Fahrten so, dass ich die Pakete für den Klabautermann erwischte.

Denn der Wirt des Gasthauses „Zum Klabautermann" zählte zu den sehr guten Kunden. Nicht, weil er besonders häufig die Dienste der Wäscherei beanspruchte, sondern weil er großzügig war. Dort erhielt ich garantiert ein Trinkgeld. Das war nicht selbstverständlich. Viele Kunden gaben gar nichts oder nur 10 oder 20 Pfennig. Der Wirt „Zum Klabautermann" gab jedes Mal 50 Pfennig. Das war damals viel Geld. Denn für dreimal 50 Pfennig konnte ich bereits ins Kino gehen.

Würstchen mit Aura

„Vergiss Nürnberg!" Christa warf den Wohnungsschlüssel auf die Ablage und zupfte vor dem Spiegel ihre kastanienbraunen Haare zurecht.

Marcel sprang vom PC auf und eilte zu seiner jungen Frau in den Flur. „Was ist passiert? Letzte Woche hast du dich doch so auf Nürnberg gefreut."

„Wer weiß, wo dieser Geocache versteckt ist", antwortete Christa kühl.

„Diesmal liegt der Geocache mitten in der Stadt", beschwichtigte Marcel. „Außerdem ist gerade Frühling, und die Wetterfrösche haben Sonnenschein angekündigt. Was willst du mehr."

„Bist du sicher? Letztes Wochenende hattest du dich bei dem Cache an der Donau um über fünf Kilometer verrechnet."

„Diesmal ist es sicher. Ich konnte alle Aufgaben bereits via Internet lösen, bis auf eine. Die kann ich erst vor Ort herausfinden. Schau hier." Marcel zog Christa an den Laptop. Er deutete auf einen Kreis auf dem Bildschirm, auf dem Stadtplan von Nürnberg. „In diesem Bereich muss es sein. Mitten in der City."

„Und das ist sicher?", fragte Christa mit erhobenen Augenbrauen.

„Ganz sicher, wie das Amen in der Kirche."

Seit zwei Jahren war Marcel begeisterter Schnitzeljäger beim internationalen Geocaching, einer modernen Form der Schatzsuche. Ausgestattet mit einem GPS-Empfänger und den Koordinaten aus dem Internet war er jedes Wochenende unterwegs, um einen versteckten Behälter (den Geocache) zu finden und anschließend den Fund im Internet zu dokumentieren. Und Christa musste immer mit. Was anfangs interessant und aufregend gewesen war, entwickelte sich für sie zur Plage. Immer wieder suchte sie nach einer Ausrede, um nicht durch sumpfige Wiesen, über Geröll oder auf einsamen Pfaden hinter Marcel her zu stolpern. Doch er ließ keine Ausrede zu und überredete sie jedes Mal aufs Neue. Anschließend war sie wütend auf Marcel und sich, weil sie wieder klein beigegeben hatte. Oft schon hatte sie ihn verflucht, wenn sie müde, verschwitzt und bis auf die Haut durchnässt endlich den Geocache gefunden hatten, voll mit nutzlosem Krempel.

Am nächsten Tag protestierte Christa erneut gegen die Fahrt nach Nürnberg. „Such ein anderes Ziel aus", sagte sie knapp und schlug die Fernsehzeitschrift auf.

„Moment mal, was ist passiert? Gestern warst du doch noch hellauf begeistert." Das war gelogen, festigte aber seinen Standpunkt.

„Ich war heute bei Madame Vojant."

„Aha, und die hat gesagt, du sollst nicht nach Nürnberg fahren."

„So in etwa."

„So in etwa?", echote Marcel. „Komm, erzähl schon, was hat dir diese abgefahrene Hellseherin aus den Würstchen prophezeit?"

„Wenn du dich lustig machst, erzähle ich nichts und du kannst allein nach Nürnberg fahren."

Marcel setzte sich mit einer ernsten Mine neben Christa auf die Couch. Zögernd berichtete sie, was sie erlebt hatte. „Wie vorgeschrieben, bin ich mit zehn frischen Nürnberger Rostbratwürstchen zu Madame Vojant gegangen. Die hat zunächst auf der Verpackung das Kleingedruckte gelesen, um sicher zu sein, dass die Würstchen wirklich in Nürnberg hergestellt worden sind. Das sei wichtig. Anschließend kassierte sie das Honorar und legte die Würstchen in die heiße Bratpfanne.

Nachdem sie schön durchgebraten waren, ließ sie die Würstchen aus dieser Höhe auf eine flache Schale fallen", Christa demonstrierte mit der Hand über dem Tisch etwa die Distanz einer aufrecht stehenden DINA4-Seite. „Dann zündete sie

eine Kerze an und zog schwere, dunkelblaue Vorhänge vor die Fenster. Die Kerze und die Schale mit den Würstchen stellte sie vor sich auf den Tisch, während ich ihr gegenüber Platz nehmen musste. Die Kerze erleuchtete nur die Würstchen und das Gesicht von Madame Vojant. Sie blickte einige Zeit konzentriert auf die wild durcheinander liegenden Würstchen und begann dann mit den Prophezeiungen." Christa machte eine Pause.

„Und?", drängelte Marcel. „Was hat sie prophezeit?"

„Das ist persönlich."

„Aha", sagte Marcel hohl. „Und was hat das mit unserer Fahrt nach Nürnberg zu tun?"

„Weil es gefährlich ist", erwiderte Christa und strich sich eine Locke aus der Stirn. „Ich fragte sie, wie es am Wochenende in Nürnberg sein würde. Sie antwortete mit zitternder Stimme: 'Mord, ein Mord.'"

„Und den Quatsch glaubst du?"

„Natürlich nicht. Aber man kann ja nie wissen."

„Hat sie denn gesagt, dass du ermordet wirst?"

„Nein, ganz im Gegenteil. Sie hat mir noch viele schöne Jahre prophezeit." Christa biss sich auf die Lippen. Nun hatte sie doch mehr offenbart als beabsichtigt.

„Na also," triumphierte Marcel. „Auf nach Nürnberg. Vielleicht werden wir Zeugen eines Mordes. Das wäre doch mal etwas. Wieso mussten es eigentlich zehn Würstchen sein?"

„Weil das seit der Jahrtausendwende die magische Zahl ist."

„Und warum echte Rostbratwürstchen aus Nürnberg?"

„Madame Vojant sagte, die Zusammensetzung der Würstchen und deren Herstellung in Nürnberg sei einzigartig. Denn in Nürnberg sei eine intensive und positive Erdstrahlung, die auf die Würstchen einwirke. Dadurch erhielten sie eine außergewöhnliche Aura. Sie könne diese Aura und die Zukunft darin sehen. Schon Johann Wolfgang von Goethe habe dieses Phänomen bemerkt und sich regelmäßig Nürnberger Rostbratwürstchen direkt aus Nürnberg nach Weimar schicken lassen. Zwar habe Goethe nie darüber gesprochen, aber Madame Vojant ist sich sicher, dass der große deutsche Dichter durch die Aura der Würstchen Inspiration für seine Werke erhielt."

„So, so." Marcel kratzte sich am Hals.

„Mir scheint", sagte Christa nachdenklich, „jeder große Meister musste durch irgend etwas stimuliert werden. Schiller, der ja auch einige Zeit in Weimar lebte, soll sich faule Äpfel in die Schreibtischschublade gelegt haben. Vielleicht, weil er nicht so wohlhabend war wie Goethe und sich die Würstchen aus Nürnberg nicht leisten konnte."

Marcel lachte laut los. Christa sah ihn mit verkniffenem Mund an. Er erstickte sein Lachen und überredete sie, doch nach Nürnberg zu fahren.

Blauer Himmel und strahlender Sonnenschein empfing sie dort. Marcel ermittelte schnell die fehlende Koordinate für seinen GPS-Empfänger und lenkte das Auto anschließend Richtung Nürnberger City. Nachdem sie das Auto im Parkhaus abgestellt hatten, gingen sie zum Skulpturengarten. Denn dort sollte der Geocache versteckt sein. Marcel blickte auf die Anzeige seines GPS-Empfängers: 49 Grad, 26 Minuten Nord und 11 Grad, 04 Minuten Ost, hier musste es sein. Er blickte sich um. Sollte der Geocach im „Dänen von Nürnberg" stecken, einer Skulptur, die wie ein überdimensionales, angestoßenes Osterei in Trauer wirkte? Er konnte keine geeignete Öffnung erkennen.

„Wahrscheinlich dort hinter den Bäumen." Christa wies mit der Nasenspitze auf die Tannenbäume an der Stadtmauer.

Mit glänzenden Augen, wie ein Vierjähriger, dem der Weihnachtsmann gerade einen Porsche übergeben hat, kam Marcel mit einer Plastikbox in Schuhkartongröße hinter den Bäumen hervor. In solchen Augenblicken mochte Christa ihm nicht böse sein. Aber es war eben nur ein Augenblick, der sogleich wieder in Wut umschlug, wenn sie an die Strapazen in der Vergangenheit dachte.

Auf der Parkbank öffnete Marcel die Box. Zu oberst lag das Logbuch. Unter dem Logbuch fand er eine japanische Münze, einen Kamm, eine Musik-CD und ganz unten ein kleines, dunkelblaues Buch. Er nahm es heraus. Christa beobachtete, wie er die erste Seite aufschlug. Gemeinsam lasen sie den Buchtitel: „Wie Sie den perfekte Mord begehen"

„Da hast du deinen Mord", lachte Marcel.

„Von wem ist das Buch?", wollte Christa wissen.

Marcel blätterte weiter. Eine schneeweiße leere Seite strahlte ihn an. Er schlug die nächste Seite auf. Wieder eine leere Seite. Eine leere Seite nach der andere. In dem Buch war nichts gedruckt. Ein Blankobuch.

„Nun denn, perfekte Morde kommen ja nicht einmal in der der Boulevardpresse vor", kicherte Marcel und klappte das Buch zu.

„Moment", sagte Christa, „steht vielleicht etwas auf der letzten Seite?"

Marcel schlug die letzte Seite auf und las laut vor: „Wer mit der Realität sporadischen Kontakt pflegt, findet Mittel und Wege, seine Wünsche zu verwirklichen."

„Wie war der Titel?", fragte Christa.

Marcel hielt ihr die Titelseite hin: „Wie Sie den perfekte Mord begehen"

„Das ist es", Christa schnippte mit den Fingern, erhob sich und schritt davon.

„He, wo willst du hin?", rief Marcel.

„Rostbratwürstchen kaufen", rief sie und setzte leiser hinzu: „Für Madame Vojant, die soll mir den Buchinhalt offenbaren."

Die Wiege der Menschheit

„Herr Professor Wach, warum wird die Wiege der Menschheit ständig auf einen anderen Kontinent gestellt?"

„Herr Schmidt-Kopf, dass liegt doch auf der Hand. Immer wenn ein paar Knochen oder sonstige Überreste menschlicher Siedlungen gefunden werden, die älter sind als die bisherigen, muss die Wiege umziehen, um bei diesem Bild zu bleiben. Da kann das Baby darin schreien, so viel es will."

„Es wird einfach ausgeschüttet."

„Werden Sie bitte nicht albern, Herr Schmidt-Kopf. Außerdem steht die Wiege nun schon einige Jahre im Süden Afrikas. Von ständigem Umziehen kann also keine Rede sein. Man ist sich in wissenschaftlichen Kreisen weitgehend einig darüber, dass die Menschheit, wie wir sie heute kennen, in Afrika ihren Anfang nahm."

Damit ließ sich Herr Schmidt-Kopf nicht abspeisen. Die so genannten wissenschaftlichen Kreise hatten bereits zu oft in den letzten Tausend Jahren geirrt. Provozierend erwiderte Herr Schmidt-Kopf: „Eventuell stand die Wiege der Menschheit in den USA."

„Ich bitte Sie", Professor Wach schaute ihn entrüstet an. „Das muss nun wirklich nicht sein. Die Amerikaner müssen nicht alles haben. Wo kommen wir denn hin, wenn nun auch noch der Garten Eden nach Amerika verlegt wird?"

Ungehemmt warf Herr Schmidt-Kopf seine Argumente ins Gespräch: „Ich weiß, während meiner Schulzeit, also vor ein paar Jahrzehnten, war es noch klar: Die Wiege der Menschheit stand in jenem Tal, wo Pastor Joachim Neander im 17. Jahrhundert Gottesdienste abhielt, dem Neandertal. Dort fand man 1856 Skelettfragmente der Gattung Homo und nannte jenen Frühmenschen Neandertaler. Angeblich sind dessen

Nachkommen ausgestorben. Doch beim Anblick und Verhalten einiger Zeitgenossen können Zweifel keimen.

Archäologische Funde in Europa, Asien und Afrika veranlassten die Forscher, die Wiege der Menschheit immer mal wieder an einen neuen Platz zu stellen. Seit einiger Zeit wird mit dem Brustton der Überzeugung verkündet, dass sie im südöstlichen Afrika stand und dass sich von dort die Menschen über die ganze Erde ausgebreiteten. - Höchste Zeit, diese Hypothese zu durchleuchten."

„Und dazu fühlen Sie sich berufen, Herr Schmidt-Kopf?"

„Berufen, ist zu dick aufgetragen. Ich bin kein Archäologe oder sonst ein wissenschaftlicher Forscher. Aber ich verfolge, was zu Tage gefördert wird, und erlaube mir eigene Gedanken. Die Meldung der Universität Tübingen*) könnte bahnbrechend für den Ursprung der Menschheit sein.

Forscher analysierten menschliche Genome und waren überrascht, bei den heutigen Europäern genetische Spuren einer Population im Norden Eurasiens zu finden, die wiederum mit den Ureinwohnern Amerikas genetisch verbunden sind."

„Kenne ich, ein alter Hut", versuchte Professor Wach Herrn Schmidt-Kopf abzuwürgen. „Vergleiche von Genmaterial der Ureinwohner Amerikas und sibirischer Stämme offenbarten, dass sie miteinander verwandt sind. Damit wurde erneut belegt, wie die ersten Menschen nach Amerika kamen. Nämlich von Asien über die Beringstraße, denn dort hat es ja mal eine feste Landverbindung gegeben, und falls nicht, ist es kein Problem gewesen, im Winter über das Eis einen kleinen Wochenendtrip nach Amerika zu machen. Möglicherweise

---

*) Die genetische Herkunft der Europäer, Pressemitteilung der Erhard Karls Universität Tübingen, 17.9.2014

verfolgte ein Steinzeitjäger einen Hasen, der nach dem heutigen Alaska hoppelte.

An jener Meerenge gibt es sogar Inseln, von denen aus sich Russen und Amerikaner auch im Sommer ins Auge blicken können. Einigen Ur-Touristen gefiel es offenbar so gut in Alaska, dass sie dort blieben und weiter nach Süden vordrangen."

„Aber halt! Wenn die Menschen von Russland nach Alaska wandern konnten, dann hätten sie doch auch von Alaska nach Russland spazieren können. Die Beringstraße ist keine Einbahnstraße." Herr Schmidt-Kopf lehnte sich zufrieden zurück.

„Ja, es könnte sein, dass einige eiszeitlichen Jäger auch zurück gingen", stimmte Professor Wach zu. „Aber die ursprüngliche Einwanderung verlief von Asien nach Nordamerika. Dafür wurden viele Belege gefunden. Die Einwanderungswelle konnte sogar recht genau datiert werden, nämlich vor 12.000 Jahren."

Herr Schmidt-Kopf lächelte. Offenbar hatte er noch ein Ass im Ärmel. „Es soll Zeitgenossen geben, die auf die Frage, wer Amerika entdeckt habe, antworten: Kolumbus. Dabei steht in den Berichten jenes Entdeckers, dass er bereits am ersten Tage von Einheimischen begrüßt wurde, kaum dass er einen Fuß an Land gesetzt hatte. Er war also gar nicht der Erste in Amerika. Wann entdeckten die Indios oder Indianer, wie sie meistens genannt werden, Amerika?"

„Herr Schmidt-Kopf, das sagte ich bereits, vor 12.000 Jahren. Hören Sie nicht zu? Die Einwanderung ist unter dem Begriff *Clovis-Theorie* bekannt."

„Aber sicher höre ich zu. Jene Einwanderungswelle hat offenbar stattgefunden. Da bin ich Ihrer Meinung. Das beweist jedoch nicht, dass schon vorher Menschen auf dem amerikanischen Kontinent waren. Viellicht waren die Vorfahren der Indios schon immer da, oder wenigsten einige Volksgruppen, die dann durch Zuwanderer frisches Blut erhielten. Was, wenn die Wiege der Menschheit in Amerika steht und von dort Jäger über die Beringstraße nach Asien, Europa und Afrika wanderten?

Vielleicht hat man in Amerika noch nicht gründlich nachgeschaut oder gegraben und fand deshalb dort noch nicht den Wiegen-Platz. Bei der Bezeichnung *Amerika* drängt sich die Verallgemeinerung auf, die USA, die Vereinigten Staaten von Amerika, seien gemeint. Darauf will ich mich nicht beschränken. Es gibt schließlich noch Mittel- und Südamerika.

Wenn die Tübinger Forscher Erbgut der amerikanischen Ureinwohner bei den modernen Europäern fanden, dann hatten sie Vorfahren, die Büffel in der Prärie jagten. Und dann kann man die Entdeckung des Gartens von Eden in den USA nicht ausschließen. Eine Sensation, wenn das biblische Eden dort gefunden würde."

Professor Wach wehrte ab: „Das ist Nonsens. Wollen Sie allen Ernstes behaupten, Generationen von Wissenschaftlern hätten geschlampt und sich geirrt?"

„Ich sage nicht, dass sie sich geirrt haben. Aber es könnte doch sein, dass, vom Stolz über den eigenen Erfolg beseelt, voreilige Schlüsse gezogen wurden. Oder wollen Sie behaupten, es sei bereits alles erforscht?"

Professor Wach schwieg. Ein passender Augenblick für Herrn Schmidt-Kopf, neueste Forschungsergebnisse zu präsentieren.

„Die brasilianische Forscherin Nièdé Guidon stieß bereits in den 80er Jahren auf Felsmalereien im heutigen brasilianischen Nationalpark *Serra da Capivara*, die mindestens 30.000 Jahre alt waren. Als sie damit an die Öffentlichkeit trat, wurde sie verspottet. Nicht von irgendwem, sondern von den Vertre-

tern der Theorie, dass Amerika vor 12.000 Jahren erstmals besiedelt wurde.

Neueste Messmethoden zur Altersbestimmung von Ablagerungen wie Feuerstellenresten belegen, dass jenes Gebiet im Nordosten Brasiliens bereits vor 50.000 Jahren besiedelt war. Was sagen Sie nun, Herr Professor?"

„Wo kann man das nachlesen?"

„Googlen Sie einfach *Nièdè Guidon* oder *Serra da Capivara*. Damit wir uns nicht falsch verstehen, ich behaupte nicht, dass die Wiege der Menschheit in Amerika stand. Ich weise lediglich darauf hin, dass es möglich wäre. Denn bekanntlich neigen Forscher dazu, letzte und allerletzte Weisheiten zu verkünden, die gelegentlich als ausgewachsener Mumpitz erster Güteklasse in Archiven verstauben, falls er es bis dorthin schafft."

Dialog über Rituale

Pit Müller: Herr Schmidt, ich frage mich, ob Sie irgendwelche Rituale pflegen.

Egon Schmidt: Und, wie ist Ihre Antwort?

Pit Müller: Wieso meine? Ich frage Sie doch.

Egon Schmidt: Nein, Sie haben sich gefragt, nicht mich. Aber fragen Sie mich einfach.

Pit Müller: Also gut, Sie Erbsenzähler. Pflegen Sie irgendwelche Rituale?

Egon Schmidt: Da nur wir beide hier am Tisch sitzen, denke ich darüber nach, wen Sie wohl mit *Erbsenzähler* gemeint haben könnten. Ich vermute, mich, betone jedoch, dass ich kein Erbsenzähler bin. Ich habe noch nie Erbsen gezählt. Können wir uns darauf einigen?

Pit Müller: Ja, für den Augenblick. Vielleicht komme ich später darauf zurück.

Egon Schmidt: *Erbsenzähler* sind kleinliche Leute. Ich hingegen lege Wert auf eine eindeutige Sprache. Mark Twain formulierte einst recht treffend: *Der Unterschied zwischen dem richtigen Wort und dem beinahe richtigen ist derselbe wie zwischen dem Blitz und einem Glühwürmchen.*

Pit Müller: Habe verstanden. Also, nun korrekt: Pflegen Sie irgendwelche Rituale?

Egon Schmidt: Aber sicher. Jeder tut das.

Pit Müller: Herr Schmidt, können Sie Beispiele nennen?

Egon Schmidt: Ich feiere jedes Jahr gemeinsam mit meiner Frau und unseren drei Kindern Weihnachten mit einem Gänsebraten, dazu Knödel und Rotkohl.

Pit Müller: Hört sich gut an. Würden Sie dieses Ritual ändern?

Egon Schmidt: Warum sollte ich. Es ist ein gutes Ritual. Kürzlich schlug ein Politiker vor, einen Feiertag aus dem Kalender zu streichen, um mit dem Gewinn irgendein Finanzloch zu stopfen. Seine Idee verschwand unter einer eiskalten Welle der Empörung. Wir lieben unsere Feiertage und mögen es nicht, wenn sie jemand in Frage stellt. Wir orientieren uns an ihnen, wir brauchen sie, um glücklich zu sein. Sie sind uns genau so wichtig wie gemeinsame Mahlzeiten, der Gute-Nacht-Kuss, der wöchentliche Kegelabend und viele andere Rituale.

Pit Müller: Das gehört bei Ihnen also alles in die Schublade für Rituale. Für mich steht der Begriff Ritual ganz nahe bei der Religion.

Egon Schmidt: Rituale bereichern unser Leben und begegnen uns nicht nur in religiösen Zeremonien. Ein Ritual ist entweder ein Handlungsablauf nach festgelegter Ordnung oder ein Verhalten in bestimmten Situationen. Wenn die erfolgreiche Sportlerin nach hartem Kampf aufs Siegertreppchen steigt, ein unerlässliches Ritual. Was bliebe vom Sport ohne Urkunde, ohne Pokal oder Medaille?

Pit Müller: Alles, was sich wiederholt, ist also ein Ritual?

Egon Schmidt: Vereinfacht kann man das wohl so sagen. Welches Kind mag ohne Gute-Nacht-Geschichte die Augen schließen? Erst nachdem die Geschichte fertig ist, fühlen sich die Kleinen gut und schlummern zufrieden ein.

Wehe, um ein anderes Beispiel zu nennen, wehe jemand taucht seinen Löffel vor den zwei magischen Worten der Dame des Hauses in die Suppe. Es schmeichelt dem Gaumen erst wirklich gut nach einem aufmunternden und freundlichen: „Guten Appetit!"

Pit Müller: Sie sagten vorhin, dass das Festessen mit Gänsebraten an Weihnachten ein gutes Ritual sei. Dann müsste es also auch schlechte Rituale geben. Was fällt Ihnen dazu ein,

Herr Schmidt? Ist es auch ein Ritual, wenn jemand stiehlt und dies immer wieder tut?

Egon Schmidt: Wenn jemand wiederholt Dinge entwendet, könnte man auch von einem Ritual sprechen. Tut man aber nicht. Rituale sind vorwiegend positiv besetzt.

Pit Müller: Ich las kürzlich in der Zeitung von einem Ritualmord.

Egon Schmidt: Furchtbar.

Pit Müller: Ist das alles, was Sie dazu zu sagen haben?

Egon Schmidt: Nun ja, um Rituale weht der Hauch des Religiösen, des Guten, des Gott Zugewendeten.

Pit Müller: Dann tun wir hier also etwas Göttliches?

Egon Schmidt: Wieso?

Pit Müller: Wir treffen uns jeden Dienstag um drei Uhr hier im Café und diskutieren über weltbewegende Themen. Quasi ein Ritual.

Egon Schmidt: Bleiben wir auf dem Teppich. Ich neige dazu, unseren Meinungsaustausch nicht als göttlich zu bezeichnen.

Pit Müller: Aha, was nicht göttlich ist, ist also ...

Egon Schmidt: Nein, nein. Man darf nicht nur an die Extreme denken. Es gibt eine breite Grauzone. Alles Gute kann eben auch pervertiert werden, wie der Ritualmord. Er geht möglicherweise auf die Tieropfer zurück, wie sie im Alten Testament der Bibel geschildert werden. Und da geben sich einige nicht mit dem Töten von Tieren zufrieden. Sie wollen es besonders gut machen, die Götter noch gnädiger stimmen als verlangt, und töten Menschen. - Allerdings können auch andere Motive eine Rolle spielen. Wenn ich an die Hexenverbrennungen auf dem Scheiterhaufen denke.

Pit Müller: Für ein Ritual muss es also ein Motiv geben?

Egon Schmidt: Selbstverständlich, Herr Müller. Es gibt schöne und erbauliche Rituale. Sie reichen von kleinen Gesten bis zu großen Inszenierungen. Sie ordnen das Leben, schaffen Vertrauen, geben Geborgenheit und schweißen zusammen. Wir brauchen sie zur Orientierung. Wenn ein Ritual zu einer routinierten, langweiligen Gewohnheit verkommt, wird es Zeit für eine Modifizierung. Es gibt mehr Rituale, als uns bisher bekannt sind. Und es werden ständig neue eingeführt.

Pit Müller: Moment, Herr Schmidt, Sie sagten doch, dass auch die Wiederholung ein Kennzeichen der Rituale sei. Wieso können sie dann zu langweiligen Gewohnheiten verkommen?

Egon Schmidt: Eine gute Frage. - Ohne Wiederholung kein Ritual. Aber wenn die ursprüngliche Bedeutung eines Rituals verloren geht, kann es unangenehm werden.

Pit Müller: Sie erwähnten die Gute-Nacht-Geschichte für Kinder. Wenn dieses Ritual bei Teenagern fortgesetzt wird, dann...

Egon Schmidt: Genau, dann wird es Zeit, ein neues Ritual zu etablieren. Zum Beispiel, indem man den Halbwüchsigen einhämmert: Um zehn bist du zu Hause!

Meistens braucht es mehrere Jahre, bis die Aufforderung fruchtet. Nicht selten verpassen Eltern den Augenblick, das Ritual auszutauschen, weil der Nachwuchs inzwischen ins Erwachsenendasein sprang.

Marie von Ebner-Eschenbach stellte fest: *Man bleibt jung, solange man noch lernen, neue Gewohnheiten annehmen und Widerspruch ertragen kann.*

Pit Müller: Und das will doch jeder, jung bleiben. Wer sich nicht bewegt, bleibt zurück, altert und vergreist.

Egon Schmidt: Sehr gut erkannt, Herr Müller. Rituale sind nicht nur schön, sie bauen auch Stress ab und machen das Leben gesünder. Das regelmäßige kurze Telefonat, oder das kleine Liebesbriefchen zeigen Zuneigung. Samstags zusammen Einkaufen, montags zu Hause plaudern oder am ersten Freitag des Monats tanzen gehen. Darauf kann man sich lange im Voraus freuen. Von diesen Ritualen gibt es nie genug. Durch sie sammeln wir schöne Erinnerungen. Glücksmomente, die uns von innen strahlen lassen.

Pit Müller: Und ich habe mich schon die ganze Zeit gefragt, warum Sie so strahlen, wenn wir uns hier wöchentlich im Café treffen und Erbsen zählen.

Egon Schmidt: Aber, aber, Herr Müller. Das mit den Erbsen hatten wir doch bereits abgehandelt. Wenden wir uns einem anderen Thema zu. Politik?

Pit Müller: Ich weiß nicht, ob das heute zur Schwarzwälder Kirschtorte passt. Allerdings, der Kaffee...

Egon Schmidt: Den sollen die Türken nach Wien gebracht haben, von wo er Europa überflutete.

Pit Müller: Wer weiß, was in der nächsten Flutwelle steckt.

Egon Schmidt: Schauen wir mal. Die Sache köchelt noch. Dafür brauchen wir ein neues Treffen.

Pit Müller: Gut, erörtern wir dann jenes weltbewegende Thema und bemühen uns, die Welt nicht aus den Fugen zu stoßen.

Egon Schmidt: Bis nächste Woche, Herr Müller.

Pit Müller: Bis nächste Woche, Herr Schmidt.

Ermunterung ist steuerfrei

„Es ist erstaunlich, wie dich ein Ritual verändert," sagte die Ehefrau und gab Andreas den üblichen Begrüßungskuss in der Wohnzimmertür, nachdem er die Aktentasche abgestellt hatte.

Ritual? Tausend Gedanken schossen ihm gleichzeitig durch den Kopf. Er war gerade heimgekommen und fühlte sich vor einer Minute im Auto noch unschuldig wie ein Säugling. Welches Ritual hatte er sich gedankenlos angeeignet?

Mülleimer? Nein, der musste am Montag hinaus gestellt werden. An jenem Ritual, wenn es überhaupt eines war, an jenem Ritual hatte er nichts geändert. Blumen? Heute war Mittwoch. Mittwochs hatte er noch nie Blumen mitgebracht. Ebenfalls keine neue Angewohnheit oder Vernachlässigung. Gute-Nacht-Kuss? Keine Frage, den hatte sie gestern erhalten, wie jeden Abend. Hatte er sie versehentlich zweimal geküsst, oder noch öfter? War das das neue Ritual?

Als Steuerberaterin achtete sie besonders auf die kleinen Posten, die ihre Klienten in den finanziellen Unterlagen oft übersahen.

Er blickte in den Spiegel. Stimmte etwas mit seiner Kleidung nicht? Hatte er irrtümlich die farblich unpassendste Krawatte umgebunden? Verdammt, was hatte er falsch gemacht oder vergessen? Welches Ritual hatte ihn unbemerkt verändert?

Sie biss sich auf die Unterlippe und sah ihn mit blanken Augen an.

Was war da im Busch? Offenbar hatte er schon seit längerem achtlos etwas belebt, weil sie von einem Ritual sprach, einer Art Zeremonie also. Nachdem ihm absolut keine Schlamperei einfallen wollte, fragte er, welches Ritual sie meine.

„Das neue", antwortete sie geheimnisvoll lächelnd.

Ein neues Ritual? Er lächelte zurück. So schlimm konnte es offenbar nicht sein. Wenn er sich abartig verhalten hätte, dann hätte sie nicht gelächelt. Seine Gedanken rasten durch alle Ecken des Gehirns, auch des Kleinhirns, als gelte es, einen Rekord aufzustellen. Endlich ein deutliches Klicken. Klar doch! Dass er nicht gleich darauf gekommen war. Sie hatte keine Unart, sondern eine neue, positive Haltung an ihm bemerkt. Aber welche? Was hatte er sich angewöhnt, dass sie es so willkommen registrierte? Seine grauen Zellen surrten erneut und liefen zur Hochform auf.

„Du bist eine aufmerksame Frau, ich liebe dich," versuchte er es mit einem Kompliment, in der Hoffnung, dass sie nun konkreter werden würde. Denn ihm wollte partout nicht einfallen, womit er in ihren Augen gepunktet hatte. Sollte sie das Lob doch ruhig weiter ausbreiten! Es musste ja nicht gleich der Nobelpreis sein. Ein paar anerkennende Worte tun schließlich jedem gut, obwohl, was steckte hinter dem Kompliment?

Erhoffte sie die Erfüllung von Herzenswünschen, die er bisher aufgrund ihres mageren Budgets ausgeschlagen hatte? Versuchte sie ihn auf diese Weise weich zu klopfen?

Sie schien seine Gedanken zu erraten: „Andreas, du denkst wohl, ich würde jetzt ein Geschenk fordern. Falsch! Ich ermuntere dich lediglich, weiter zu machen wie bisher. Das kostet nichts und ist obendrein steuerfrei. - Psychologen behaupten doch, dass man die Welt nicht sieht, wie sie ist, sondern wie man sie sehen will. Seit zwei Wochen, kurz bevor du kommst, stelle ich mir täglich vor, mit dem idealen Mann verheiratet zu sein. Das Erstaunliche, du wirst von Tag zu Tag großartiger."

Was auch immer sie damit meinte, erleichtert und mindestens einen Meter größer nahm er sie in die Arme.

Gaben von Kostnix

An der Nordwestküste von Nordamerika lebten einst Indianervölker, die ihren Reichtum dadurch demonstrierten, dass sie ihn verschenkten oder vernichteten. Häuptling Tlatilitla hatte die berühmte Kwakiutl-Kupferplatte von fast unschätzbarem Wert erworben. Er sicherte sich sein ohnehin schon hohes Ansehen, indem er die Platte zerbrach und die Hälften an zwei Rivalen verschenkte. Der eine brach zusammen und starb auf der Stelle. Der andere vegetierte noch sechs Monate dahin, bis auch er starb. Beide konnten in dem demütigenden Bewusstsein nicht weiter leben, kein Gegengeschenk von an-

näherd gleichem Wert machen zu können.

In der modernen westlichen Welt scheinen derartige Sitten ausgestorben. Aber sie glimmen noch tief unter der Asche und lodern zuweilen hell auf. Denn beim Beschenkten regt sich nicht immer uneingeschränkte Freude, sondern manchmal auch großes Unbehagen. Besonders, wenn der Schenkende aus dem Bekannten- oder Freundeskreis kommt. Nur herzlose Zeitgenossen fühlen sich dann nicht zu einem größeren oder zumindest gleichwertigen Geschenk verpflichtet.

Herr Schneider betrat ein Bekleidungsgeschäft und suchte die Herrenabteilung auf. Dritter Stock. Oben angekommen, begrüßte ihn eine hübsche und freundliche Verkäuferin mit den Worten: „Darf ich Ihnen ein Häppchen anbieten?"

Sie wies auf einen Tisch, auf dem drei Platten mit Häppchen standen. Die Brotschnitten waren nicht nur mit einfacher Salami belegt, es lockten auch Lachs und Kaviar. Herr Schneider griff zu.

„Mit einem Schlückchen Sekt rutscht es besser", sagte die freundliche Verkäuferin. „Oder möchten Sie lieber Orangensaft pur? Auch das Getränk ist kostenfrei."

Herr Schneider nippte an einem filigranen Kelch und visierte ein weiteres Häppchen an.

Dann wandte er sich den angebotenen Herrenhosen zu. Seine Größe hing an der Stange, und auch Farbe, Muster und Schnitt sagten ihm zu. Eine weitere Hose war im Preis heruntergesetzt. Ein Näh- oder Webfehler war nicht zu ermitteln. Und drüben im Regal lagen schöne Oberhemden in den aktuellen Farben. Alles erschien super preiswert.

Nach den Hemden schnappte sich Herr Schneider noch ein Kaviarhäppchen und bewunderte anschließend die Krawatten. Die Verkäuferin sprach gerade mit einem anderen Kunden.

An der Kasse bezahlte er schließlich drei Herrenhosen, zwei Oberhemden und drei Krawatten. Eigentlich hatte er nur mal schauen wollen, ob vielleicht eine passende Hose im Angebot war.

Harmonie

Unter den Tasten eines Klaviers soll einmal ein Streit ausgebrochen sein. Die Tasten ganz links, dort wo die tiefen Töne angeschlagen werden, beklagten sich über ihr nutzloses Dasein.

„Schon wieder", zeterte das tiefe 1H der Subkontratöne, „hat der Meister nur ein einziges Mal seinen kleinen Finger ganz kurz auf mich gesetzt."

„Was soll ich da sagen", brummelte das 2A, „ich bin im ganzen letzten halben Jahr nur zweimal drangekommen."

„Und von mir ganz zu schweigen", mischte sich die schwarze Taste zwischen den beiden ein, „ich kann mich schon gar nicht mehr erinnern, wann meine Saite das letzte Mal erklingen durfte. Wahrscheinlich ist sie schon total verstimmt."

„Und wir wollen auch öfter erschallen", krähte das helle g4 ganz rechts aus der Viergestrichenen Oktave.

„Kann sich jemand erinnern, wann ich das letzte Mal angeschlagen wurde?", jammerte das c5, die letzte Taste am rechten Rand.

Die Tasten in der Mitte schwiegen. Sie wurden am häufigsten angeschlagen. Doch als der Streit zwischen den tiefen und hohen Tönen immer heftiger wurde, meldete sich das c1 zu Wort, das ganz nahe am Schloss des Klavierdeckels sitzt: „Glaubt ihr etwa, es ist auf die Dauer ein Vergnügen, ständig den Druck zu verspüren? Der Filz meines Hammers ist schon ganz zerfledert. Und die Saite macht es auch nicht mehr lange. Seid doch froh, dass ihr nicht so oft dran kommt."

Für eine Weile herrschte Ruhe. Jede Taste schien in sich zu gehen und nachzudenken. Da setzte sich Fräulein Christiane ans Klavier, öffnete den Deckel und spielte Mozarts „Kleine Nachtmusik". Alle Tasten waren glücklich, auch die, die nicht gedrückt wurden. Die Harmonie der Musik beruhigte sie und ließ den Streit schnell vergessen.

Wir mögen die geordnete Abwechslung, wir lieben sie.

Konfuzius erkannte: „Der Edle strebt nach Harmonie, nicht nach Gleichheit. Der Gemeine strebt nach Gleichheit, nicht nach Harmonie."

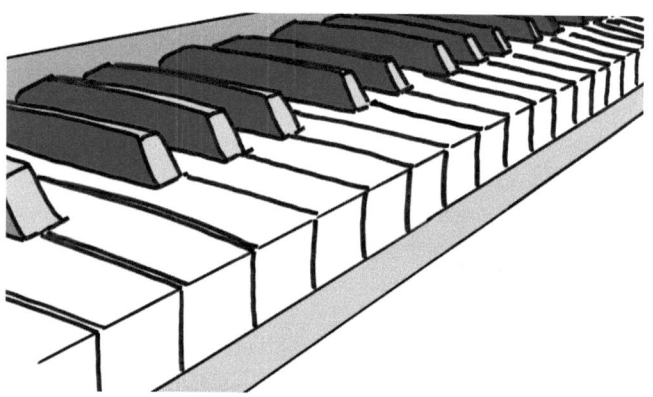

Unglaubliche Hilfe

Der Unfall mit meinem ersten Auto, einem gebrauchten NSU Prinz 4, ereignete sich drei Tage, nachdem ich das rote Fahrzeug erworben hatte. Auch den Führerschein besaß ich noch nicht lange und verfügte über wenig Fahrpraxis.

Stolz saß ich hinter dem Lenkrad und staunte über die große blanke Haube, in der sich die vorbeiflitzenden Straßenbäume spiegelten. Es war Samstag, die Sonne schien vom Sommerhimmel, und dies war meine erste längere Ausfahrt. Nur so, um den Wagen kennenzulernen. Ich hatte kein bestimmtes Ziel, die Räder schnurrten über den Asphalt, vorbei an Wiesen und Feldern, hinein in Wälder und wieder hinaus in den Sonnenschein. Herrlich. Ich hatte absichtlich niemanden mitgenommen, weil ich, wie gesagt, wenig Fahrpraxis hatte und mich nicht blamieren wollte.

Dann lag die S-Kurve vor mit. Eigentlich nichts Besonderes. Vor mir fuhr ein großer grauer PKW. Er nahm die linke Kurve. Ich ihm nach, ohne den Fuß vom Gas zu nehmen. Er bog in die rechte Kurve und war plötzlich nicht mehr vor mir.

Später hätte ich gern behauptet, die Straße habe unvermittelt die Lage verändert und mich abgeworfen wie ein wildes Pferd den unbequemen Reiter. Doch die Straße hatte nicht ihre Lage verändert. Wahrscheinlich hatte ich das Lenkrat zu scharf eingeschlagen, nach rechts, oder nach links, was weiß ich. Allerdings konnte ich mich sehr genau an die Gedanken erinnern, die mir durch den Kopf schossen, als mein rotes Auto auf die Gegenfahrbahn geriet und eine Böschung hinunter raste: „So geht das also." Später und auch heute noch wundere ich mich über jenen Gedanken: „So geht das also." Offenbar beobachtete mein Gehirn nüchtern, was geschah.

Erst als ich den etwa drei Meter hohen Abhang hinunter geschossen war, spürte ich mein Herz. Nicht in der Hose, sondern am Hals. Ich war in einen Wald gerast.

Die Äste der Laubbäume klappten hinter mir herab wie ein Garagentor, und ich fühlte mich auch wie mit dem Auto in einer Garage stehend. Neben mir rauschte das vom Beifahrersitz in den Fußraum gerutschte Kofferradio. Die Antenne war abgebrochen. Damals hatte ich noch kein eingebautes Autoradio. Ich schaltete das Rauschen ab. Es war plötzlich unheimlich ruhig. Ich war nicht verletzt, entdeckte jedoch später blaue Flecken an beiden Oberarmen. Ohne es bemerkt zu haben, war ich offenbar gegen das Lenkrad geschleudert worden.

Nachdem ich ausgestiegen war, stellte ich fest, dass ich genau zwischen zwei Bäume gerast war. Sie standen links und rechts etwa 30 Zentimeter neben den vorderen Kotflügeln. Beide maßen etwa 40 Zentimeter im Durchmesser. Wäre ich gegen einen davon gedonnert, hätte ich den Sonnenuntergang höchst wahrscheinlich aus einer anderen Perspektive beobachtet, wenn überhaupt. Der hintere rechte Kotflügel schmiegte sich an einen dünnen Baum. Eine kleine Delle und eine leicht verformte Felge versuchten, ihn ganz zu umschlingen. Sonst schien alles heil geblieben zu sein. Erleichtert atmete ich auf. Später ließ ich die Bewunderer meines „neuen" Autos in dem Glauben, es mit Beule gekauft zu haben. Der Unfall war mir so peinlich, dass ich erst sehr viel später davon berichten mochte.

Die Straße oberhalb der Böschung war abgelegen und kaum belebt. Nur selten rauschte ein Fahrzeug vorbei. Vermutlich sah niemand mich und mein Auto da unten stehen, denn die Äste der Bäume reichten bis auf den Boden. Ich ging die Böschung hinauf zur Straße, alles war ruhig als wäre nichts geschehen. Ich ging wieder hinunter und überlegte, wie ich mit dem Auto herauskommen könnte. Rückwärts? Unmöglich, der Abhang war zu steil und der Motor meines Prinz 4 zu leistungsschwach. Aber wenn ich zwischen den beiden Bäumen links und rechts hindurchfahren würde, etwa einen halben Meter, dann müsste ich nach rechts, weil links ein Baum stand, wieder einen halben Meter, dann noch weiter nach rechts, um dem nächsten Baum auszuweichen, und dann scharf nach links ... Ich fand einen Weg, wie ich im Bogen durch den Wald wieder auf die Straße kommen könnte an einer Stelle, wo die Böschung ganz flach verlief und nur noch einen halben Meter hoch war.

Ich startete den Motor und ließ die Kupplung langsam kommen. Der Motor heulte auf, aber das Fahrzeug bewegte sich nicht. Im Rückspiegel sah ich, dass die Räder hinten durchdrehten und Moos hoch schleuderten. Das Auto saß mit dem Bodenblech auf dem Waldboden auf. Mit den Händen scharrte ich den weichen Waldboden unter dem Auto hervor. Mühsam, doch endlich stand das Auto wieder auf festem Untergrund. Ich startete und begann ein umfangreiches Rangiermanöver. Der Motor ging ständig aus. Bald würde die Batterie leer sein, und ich war noch keinen halben Meter voran gekommen. Die Sonne stand nicht mehr hoch am Himmel und es dunkelte bereits. Auf der Straße war schon lange kein Auto mehr vorüber gefahren, dessen Fahrer ich um Hilfe hätte bitten können. Handy und Smartphone waren zu jener Zeit (etwa 1970) noch nicht erfunden. Ich wusste auch nicht, wie viele Kilometer es bis zur nächsten Ortschaft sein würden. Meine gesamten Ersparnisse hatte ich in das Auto investiert. Für einen Abschleppdienst war kein Budget vorgesehen. Der würde ganz sicher einen horrenden Preis fordern, nachdem er mich in der Einöde gefunden hatte. Aber keine Frage, ich brauchte nun doch Hilfe.

Religiös wie ich bin, sprach ich ein Gebet und bat Gott um Einsicht und Hilfe. Dann begann ich wieder mit dem Rangiermanöver, weil mir nichts Besseres einfiel.

Etwa fünf Minuten nach dem Gebet, und das ist wirklich wahr, hörte ich oben von der Straße Stimmen. „Da ist einer runtergegangen! Haltet mal an!", hörte ich jemanden rufen. Oben stoppten etwa vier oder fünf Autos. Eine Gruppe von 20, vielleicht auch 30 jungen Männern kam die Böschung herunter. Es war schon so dunkel geworden, dass ich sie nicht genau erkennen konnte. Viele Worte waren nicht nötig. Ich musste mich hinters Lenkrad setzen, alle packten an und schoben mich mit Auto rückwärts die Böschung hinauf und zurück auf die Straße. Es schien für sie ein Kinderspiel zu sein. Kaum hatte ich ein paar Dankesworte hervorgebracht, da war die ganze Truppe auch schon wieder verschwunden. Aus einigen Bemerkungen folgerte ich, dass mir Mitglieder eines Sportvereins geholfen hatten.

Auf der anschließenden Heimfahrt war ich sehr vorsichtig und vor allem nachdenklich. Ich hatte schon oft gebetet und tat es eigentlich täglich. So rasche Antwort mit verbundener Hilfe hatte ich jedoch noch nie zuvor erhalten.

Wenn ein Licht aufgeht

„Opa, was bedeuten die Kerzen im Comic?"

„Was für Kerzen? Ich habe schon lange kein Comicheft mehr gelesen."

„Sie sind nicht auf jeder Seite, aber manchmal sind sie plötzlich da."

Der Enkel machte eine Pause und schien nach Worten zu suchen.

„Ich kann noch nicht lesen, wie mein großer Bruder. Aber ich schau mir seine Comics gerne an, wenn er in der Schule ist. Und dann ist da plötzlich eine Kerze im Bild. Niemand hat sie angezündet, niemand pustet sie aus. Sie ist einfach nur da."

Opa dachte nach und erinnerte sich, dass Comiczeichner eine Kerze zeichneten, wenn jemandem in der Geschichte ein Licht aufging; wenn er oder sie eine geniale Idee hatten.

„Das ist ein Kunstgriff", begann Opa seinem kleinen Enkel zu erklären. „Wenn jemand über ein Problem nachdenkt und dann plötzlich eine Idee hat, wie er dass Problem lösen kann, dann sagt man, ihm sei ein Licht aufgegangen. Die Comiczeichner malen dann eine brennende Kerze neben dem Kopf dessen, der die Idee hat. Dass er eine Idee hat, braucht dann nicht lange erklärt zu werden. Und in der Geschichte sieht und liest man, was er mit der Idee macht."

„Ach so", sagte der Enkel und warf den Enten im Teich einen Brotkrumen zu.

Beide saßen auf einer Parkbank am Teich, genossen den warmen Sommertag und fütterten die Enten, die sich um jedes Stückchen Brot stritten. Nach gefühlten drei Minuten fragte der Enkel: „Was ist ein Problem?"

Aha, meine Erklärung war nicht einfach genug, dachte der Opa und begann den Begriff des Problems mit einem Beispiel zu erklären.

„Stell dir vor, auf dem Schrank liegt ein Überraschungsei.

Das möchtest du haben. Du bist aber zu klein und kommst nicht an das Ei oben auf dem Schrank heran. Dann hast du ein Problem. Immer, wenn man etwas tun möchte, es aber nicht kann, hat man ein Problem."

„Gut", sagte der Enkel. „Und was ist eine Idee?"

„Bleiben wir bei dem Überraschungsei auf dem Schrank. Du bist zu klein, um dir das Ei vom Schrank zu nehmen. Was machst du dann?"

„Ich bitte Mama, mir das Ei zu geben."

„Und was machst du, wenn Mama nicht zu Hause ist?"

„Dann bitte ich Papa."

„Papa ist auch nicht zu Hause. Und dein großer Bruder auch nicht. Was machst du dann?"

„Dann warte ich, bis Mama nach Hause kommt."

„Okay, dass ist eine Möglichkeit. Du löst das Problem nicht, sondern wartest. Es dauert dir aber zu lange, bis Mama, Papa oder dein großer Bruder nach Hause kommen. Du willst das Ei unbedingt, nachdem du so lange gewartet hast. Was machst du dann?"

Opa sah, wie es hinter der glatten Stirn unter dem dunkelblonden Schopf seines Enkels arbeitete. Wie schön, dass das menschliche Gehirn in einem runden Schädel untergebracht ist. Da können die Gedanken endlos rotieren und geraten nicht so schnell in eine Sackgasse. Allerdings besteht auch die Gefahr, dass sie sich totlaufen.

Schneller als erwartet, riss der Enkel die Augen auf und strahlte Opa an: „Ich hole mir einen Stuhl aus der Küche. Wenn ich da drauf steige, kann ich mir das Überraschungsei schnappen."

„Toll! Das ist eine gute Lösung. Du hattest ein Problem und bist auf die Idee gekommen, einen Stuhl zu holen. Den Stuhl zu holen, das ist eine Idee. Man sagt dann auch, dass dir ein Licht aufgegangen ist. Kein wirkliches Licht, aber ein Licht im Gehirn."

Opa biss sich auf die Zunge, weil ihm das Wort Gehirn über die Lippen sprang. Hoffentlich fragte der Enkel jetzt nicht nach dem Gehirn. Nein, er tat es nicht, sondern präsentierte eine neue Idee.

„Ich möchte, dass in meinem Kopf viele Kerzen angezündet werden, damit ich keine Probleme mehr habe."

„Ich fürchte", wandte Opa ein, „das ist keine gute Idee."

„Warum nicht?"

„Stell dir vor, der Comiczeichner malt dich mit einer Kerze, um zu zeigen, dass dir ein Licht aufgegangen ist. Du möchtest aber nicht nur eine Idee haben, sondern viele. Also zeichnet der Zeichner viele Kerzen. Immer mehr Kerzen, eine ganze Seite voll Kerzen. Aber das reicht noch nicht, weil dir ja viele Lichter aufgehen und du viele, viele Ideen hast. Also zeichnet er noch eine Seite mit Kerzen. Und noch eine und noch eine. Schließlich ist das ganze Comicheft voller Kerzen. Dein Kopf auf der ersten Seite ist schon gar nicht mehr zu sehen. Nur noch Kerzen. Wäre das gut?"

„Das wäre doof", sagte der Enkel. „Wer will denn einen Comic nur mit Kerzen?"

„Siehst du, es ist nicht gut, wenn einem zu oft ein Licht aufgeht. Ab und zu eine gute Idee. Das ist besser."

„Okay", sagte der Enkel. „In meinem Kopf ist gerade eine Kerze angezündet worden. Zwei Lichter pro Tag sind doch nicht zu viel, oder?"

„Nein", sagte Opa, „zwei Ideen pro Tag, das ist gut. Was für ein Licht ist dir denn aufgegangen?"

„Wenn wir weiter zur Stadt gehen, kommt nach dem Park ein Eiscafé. Dort können wir ein Eis essen."

Opa blickte auf seine Armbanduhr: „Zu spät, wir müssen in die andere Richtung und nach Hause. Sonst bekommen wir Ärger mit deiner Mama."

„Opa! Jetzt hast du die Kerze in meinem Kopf ausgepustet!"

Brunnenvergiftung

Ich erinnere mich an einen Wildwestfilm, den ich vor vielen Jahren sah. Er spielte im abgelegenen trockenen Teil der Wildnis, wo der Wind verdorrtes Gestrüpp über den kargen Boden treibt. Zwei Indianer von der guten Sorte ritten an ein Wasserloch und nahmen kleine Lederschläuche vom Sattel, um sie mit frischem Wasser zu füllen. Derweil gingen ihre Pferde ans Ufer, schnupperten und wichen zurück, ohne einen Tropfen gekostet zu haben. Die Indianer sahen ihre Mustangs und dann einander an. „Vergiftet!", sagte der eine mit finsterer Mine. Die Sioux sprangen wieder auf ihre Pferde und ritten davon. An mehr erinnere ich von dem Film nicht. Wie gut, dass die Pferde sie gewarnt hatten.

Das Tätigkeitsfeld des Brunnenvergifters ist nicht ausgerottet. Es tummeln sich vermehrt hinterhältige Gestalten mit der Absicht, allerlei Quellen zu verpesten. Wie bei der konventionellen Brunnenvergiftung ist das Gift oft nicht sogleich sichtbar.

Auch heute noch werden Wasserlöcher und Brunnen vergiftet. Nicht selten in großem Stil mit Erdöl und Chemikalien. Wird es entdeckt, ist das Geschrei groß, und die Verursacher versuchen unterzutauchen.

Doch es gibt weit mehr Brunnenvergifter, die sich in den Medien tummeln. Die Zahl nimmt in jenen Publikationen zu, die sich soziale Medien nennen. Behauptungen, Gedanke und Beweise werden verbreitet und erscheinen klar und gründlich ermittelt. Erst nach dem Öffnen der Mogelpackung, macht sich Enttäuschung breit. Erst nach der Überprüfung aller Fakten werden schlampige Ermittlungen und absichtlich falsche Behauptungen in der Argumentation offensichtlich. Auch nach gründlichem Nach-Denken erkennt man nicht immer die hinterhältige Irreführung. Noch schlimmer, manche Mängel und Täuschungen offenbaren ihr wahres Gesicht erst nach Jahren, obwohl man annahm, sorgfältig geprüft zu haben.

So bemerkt der Einzelne oft nicht, dass er vergiftet wurde, und infiziert unbemerkt seinen Bekanntenkreis. Lügen, denen man glaubt, werden zu Wahrheiten, obwohl sie weit davon entfernt sind. Selbst eine Mehrheit ist noch kein Beweis für die Richtigkeit einer Beteuerung.

Allein das Gespräch unter Menschen, die Mitteilung, die Empfehlung, das Lob oder der Tadel, haben oft einen doppelten Boden, in dem nicht selten eine Bombe schlummert. Das Verborgene offenbart die wahren Absichten. Beim Meinungsaustausch steht meist kein Ringrichter dabei, der für einen fairen Kampf sorgt.

Hinterhältige Fallen deprimieren, können aber auch zu erhöhter Aufmerksamkeit anregen, die Leistung steigern und größere Glücksgefühle nach der Bewältigung eines Problems auslösen. Überschwängliches Lob, wer mag es nicht? Trägt es doch auch wesentlich zum Wohlbefinden und zur Erfolgssteigerung bei.

Dennoch, nieder mit allen Brunnenvergiftern. - Ich wünsche mir ein schönes und weises Pferd, dass umsichtig an jede Quelle tritt, schnuppert und mich warnt, wenn Gefahr droht, weil Brunnenvergifter am Werk waren.

Eisbein mit Musik

„Hallo, alter Junge, was macht die Kunst?", begrüßte Bertram den in die Jahre gekommenen Pianisten Albert am Tresen und bestellte ein Bier.

„Nix macht die Kunst", erwiderte Albert und schaute wieder in sein Glas.

Sie kannten sich aus dem Rundfunkorchester, das aufgelöst worden war. Bertram, der schlanke, junge Posaunist, hatte eine neue Stellung beim Symphonieorchester gefunden. Andere Musiker gaben Musikunterricht oder tingelten durch die Lande.

„Wie, nix?", fragte Bertram und strich sich die dunkle Locke aus der Stirn. „Ich hörte doch, du hättest was gefunden."

„Hatte ich auch gedacht." Albert nippte am Bier. Aber dann brach es aus ihm heraus. „Der Wirt im 'Goldenen Schwan', das ist vielleicht 'ne Pfeife."

„Ja, richtig, 'Goldener Schwan', war doch gut dotiert die Stelle. Klavier verstimmt?"

Ohne auf Bertrams Frage einzugehen, begann Albert zu klagen: „Erst dachte ich, es wäre nur zur Orientierung. Aber der Typ bestand doch tatsächlich darauf, dass ich nur spiele, was auf der Liste steht. Stell dir das mal vor: Da kriegst du zum Mittagessen und zum Abendessen jeweils eine Titelliste und darfst nur spielen, was da drauf steht. Manchmal waren das nur drei Titel. Radetzky, Torgauer und ähnliches Tschingderassabum. Und das den ganzen Abend. Kaum hatte ich zwei Takte der Mondscheinsonate angeschlagen, da stand der Wirt schon neben mir und tippte auf seine Liste. Nach einer Woche hielt ich es nicht mehr aus, zerknüllte die Liste und spielte, was mir passte. Das heißt, ich schaffte nur ein Lied. Dann war ich gefeuert. So ein Idiot!"

„Ja nun", wandte Bertram ein, „aber das sind wir doch gewöhnt, zu spielen, was die Herren wünschen." Er deutete mit dem Daumen nach oben.

„In jedem Restaurant ist es dem Pianisten überlassen, geeignete Titel auszuwählen!" Albert wurde laut, seine Glatze leuchtete im trüben Licht kurz auf. „Das ist so Usus! Schließlich ist die Spelunke kein Konzertsaal!"

„Ist das denn so ein miserables Restaurant?"

„Nee, jeden Tag proppenvoll."

Albert berichtete mehr über die eigenwilligen Musikwünsche des Wirts vom 'Goldenen Schwan' und seine Demütigung als ausgebildeter Konzertpianist. Bertram wollte wissen, weshalb der Wirt täglich genaue Musiktitel festlegte, die gespielt werden mussten. Doch Albert wusste es nicht. Auf seine Frage habe der Wirt nur gesagt, dass er es so wolle.

„Und wer spielt da jetzt?", fragte Bertram.

„Irgend so ein Student. Der wird da aber nicht lange bleiben. Habe vorhin gelauscht. Sein Fingersatz lässt arg zu wünschen übrig. Um genau zu sein, den gibt's noch gar nicht, dessen Fingersatz."

„Du meinst also, die Stelle wäre bald wieder zu besetzen?"

„Ja, wieso?" Albert wandte sich seinem ehemaligen Orchesterkollegen zu. „Bist du auf Klavier umgestiegen?"

„Nein, aber ich hab' da 'ne nette Pianistin kennen gelernt. Die sucht was."

Die nette Pianistin hieß Laura, trug kurzes, kastanienrotes Haar und war schlank wie ein Billardstock. Gleich am nächsten Tag stellte sie sich beim Wirt im „Goldenen Schwan" vor.

Zwar spiele der Student genau, was gewünscht werde, sagte der Wirt, aber nicht gut genug. Er gab Laura eine Liste mit Musiktiteln und lauschte. Sie spielte die Stücke auswendig, bekam die Stelle und konnte noch am selben Tag anfangen.

Auch Albert stellte einige Tage später fest, dass Laura hervorragend spielte. Er war wieder am „Goldenen Schwan" vorbei gegangen und lauschte unter den offenen Fenstern des Restaurants. „Wie hier die Talente verheizt werden", murmelte er und ging weiter.

Laura hielt sich an die Regeln und spielte nur die Musikstücke, die der Wirt ihr vorschrieb. Eines Tages, gerade zog der Duft von Einsbein mit Sauerkraut an ihr vorbei, kam ihr ein Verdacht. Möglicherweise war der Wirt nicht so einfältig und eigensinnig, wie man ihr eingeredet und sie zunächst auch angenommen hatte. Sie machte sich Notizen auf den täglichen Spielplänen. Schon nach wenigen Tage durchschaute sie das System.

„Ich muss leider kündigen", sagte Laura kurz darauf zum Wirt des „Goldenen Schwans".

Der Wirt machte ein enttäuschtes Gesicht. Denn er war mit Laura sehr zufrieden gewesen und bedauerte, dass sie nicht blieb. Sein Gesicht wurde noch länger, als er später feststellte, dass weniger Gäste kamen. Viele Stammgäste gingen nun zu seinem Konkurrenten am anderen Ende der Straße, dem Gasthaus „Zum fetten Ochsen". Laura spielte jetzt dort. Jahrelang hatte jener Wirt ums Überleben gekämpft und sich nie einen Klavierspieler leisten können. Jetzt hingegen war die Gaststube täglich gut besucht. Ob Laura hinter sein Erfolgsgeheimnis gekommen war?

Bertram wunderte sich, dass Laura schon nach wenigen Wochen im „Goldenen Schwan", dem Gourmettempel am Ort, gekündigt hatte und nun im „Fetten Ochsen" spielte, einem einfachen Gasthaus. Er besuchte sie dort.

„Nun, der Wirt hier", sagte Laura und streckte sich, „ist mein Onkel. Der war kurz vor dem Konkurs, und da fühlte ich mich verpflichtet, ihm unter die Arme zu greifen."

„Aha, hast du so gut verdient im 'Goldenen Schwan'?"

„Nein, das nicht. Aber der Wirt dort ist ganz schön clever. Allerdings nicht clever genug. Ich bin doch hinter sein Erfolgsgeheimnis gekommen."

„Nun mach's nicht so spannend. Ich weiß doch, dass du ein kluges Mädchen bist."

Laura zögerte, das Geheimnis preiszugeben. Bertram erinnerte sie daran, dass sie ihm die Stelle im „Goldenen Schwan" verdankt hatte. Und ohne seinen Tipp, wäre sie nie auf die Idee gekommen, sich dort zu bewerben. Das machte Laura weich.

„Aber du musst mir versprechen, es für dich zu behalten. Ich bin so froh, dass der Laden von meinem Onkel hier wieder floriert. Er wollte ja zunächst nicht darauf eingehen. Hielt es für Spinnerei. Hat mich viel Überredungskunst gekostet. Und jetzt, schau ihn dir an, wie er strahlt." Laura deutete mit dem Kopf zur Küchentür, wo der Wirt sich über seinen Bauch strich.

„Okay, okay", sagte Bertram und hob drei Finger: „Versprochen."

„Also die Sache ist ganz einfach. Du weißt doch, das jede Musik bestimmte Gefühle hervorruft. Diese Gefühle machen Appetit auf bestimmte Gerichte, jedenfalls, wenn man mit leerem Magen ins Restaurant kommt. Im 'Goldenen Schwan' fiel mir als Erstes auf, dass ich immer Marschmusik spielen musste, wenn der Wirt Eisbein servierte. Kurz darauf bin ich dann dahinter gekommen, dass die Musikliste abhängig davon war, was der Wirt im Großmarkt günstig ergattert hatte. Kam er mit zwei Kisten Eisbein vom Einkauf, wusste ich: Jetzt ist Marschmusik dran. Aufgrund meines Klavierspiels bestellten die Gäste also immer das, wozu ich sie mit der jeweiligen Musik animiert hatte. So blieb also von dem preiswert erworbenen Eisbein, Sauerbraten oder Hähnchen nie etwas auf der Strecke. Die Gäste bekamen, was sie haben wollten, fühlten sich wohl und der Umsatz stimmte. Ja, und so machen wir das im 'Fetten Ochsen' jetzt auch."

„Und das funktioniert wirklich?

Laura nickte. „Es kommen schon die ersten Gäste. Entschuldige, ich muss ans Klavier."

Als sie die ersten Takte des Radetzkymarsches anschlug, bekam Bertram Appetit auf Eisbein.

Das alte Dokument

Dom. po. nat. wurde für den seefahrend Gesellen Joh. Ferdinand Baier gedacht und wurden deßen Personalien abgelesen und die Leichen-Collecte gesungen. Er ist 1776 d 12tn Febr. geboren. 1787 confirmiert. Ging früh zur See, nach England, blieb 1794 daselbst heimlich, fuhr da auf der See und im vorig Jahr nach Guinea, und ist auf der Rückreise gestorben ob noch in Guinea, oder nach der Reise nach Westindien, oder von Westindien nach England ist nicht recht bekannt worden. Ob er ist begraben worden, oder wie die anderen Sclaven, wenn sie starben über bord geworfen, darüber sind keine sichere Nachrichten. Beck auch ein Pommerl. Matrose, der auf dem Schiff die Reise mit ihm gemacht, und glücklich zurück gekommen, hat in Liwerpool, des Womreesen seinem Vater nicht viel erzählen wollen, als daß er am hitzigem Fieber verstorben.

Christian Baier rieb sich die Augen und streckte sich vor dem Mikrofilmlesegerät. Das Entziffern der über zweihundert Jahre alten Handschrift war mühsam gewesen. Doch nun stand der Text klar vor ihm. Johann Ferdinand Baier, sein Ur-Ur-Ur-Ur-Großvater, war auf einer Seereise verstorben. Die Familiensage stimmte also, wenn auch nicht ganz. Von der Mikrofilmaufnahme des alten Kirchenbuches machte Christian Baier eine Aufnahme mit seiner Digitalkamera, spulte den Film zurück und verließ das Archiv mit der Kopie in der Tasche.

„Stell dir vor, ich habe heute den Beweis gefunden, dass mein Ur-Ur-Ur-Ur-Großvater wirklich auf See gestorben ist."

„Ja und? Das wusstest du doch schon längst, hast mir doch schon bei unserm ersten Rendezvous stolz von deinem Kapitän in der Ahnenreihe erzählt." Frau Jane Baier blickte gleichgültig auf das Foto, das ihr Christian Baier unter die Nase hielt. „Statt stundenlang im Archiv zu hocken, hätten wir gemeinsam schön essen gehen können. Nun ist es zu spät."

„Aber das hier sind Fakten. Bisher hatte ich nur die mündliche Überlieferung, und die war...", er hielt inne, suchte nach passenden Worten. „Die Überlieferung war offensichtlich etwas geschönt."

„Aha, Lügner unter deinen Vorfahren!"

„Das ist noch nicht erwiesen."

„Was stimmt denn nicht? Was hat deine Sippe zusammengelogen?", wollte Jane Baier wissen.

„Wahr ist, und das wird hier eindeutig bestätigt, dass er zur See fuhr und sein Grab offenbar in den Fluten fand."

„Ich fragte, was nicht stimmt?" Jane Baier ließ nicht locker. Das war ihre Stärke und gleichzeitig auch ihre Schwäche.

Christian Baier deutete auf die Fotokopie: In der Hansestadt Stolpmünde wurde 1799 eine ‚Leichen-Collecte' für ihn abgehalten. Die Stadt liegt an der Ostsee in Hinterpommern, heute Polen. Wenn er Kapitän des Schiffes gewesen wäre, wie in der mündlichen Überlieferung behauptet wird, hätte man das doch sicher aufgeschrieben. Aber hier wird er nur als seefahrender Geselle bezeichnet. Offenbar hat er es nicht einmal zum Matrosen gebracht."

„Ach, sind Kapitäne keine seefahrenden Gesellen?"

„Schon, aber als er starb, war er gerade dreiundzwanzig Jahre alt."

„Wieso ist er dann dein Ur-Ur-, egal wie viele Ur-, und hat in England gelebt?"

„Da war wohl bei einem Landgang ein Mädchen in Stolpmünde, meine Ur-Ur-Ur-Ur-Großmutter, arg verliebt in den feschen Seemann."

„Wer weiß, vielleicht eine Dirne, die nicht aufgepasst hat."

„Also bitte", Christian Baier war ernst. „Es wurde nur notiert, dass das Kind, mein Ur-Ur-Ur-Großvater, unehelich geboren worden ist."

„Siehst du, da haben wir's, eine Hure." Jane Baier verschränkte die Arme vor der Brust.

„Nein, sie hat meinen Stief-Ur-Ur-Ur-Ur-Großvater doch danach geheiratet und er hat das Kind anerkannt. Du warst offenbar noch nie verliebt", konterte Christian Baier. „Es wäre jedenfalls sehr ungewöhnlich, im Alter von dreiundzwanzig Jahren bereits Kapitän auf großer Fahrt gewesen zu sein. Und dann auch noch als Preuße auf einem englischen Sklavenschiff."

„Was?! Ein Sklavenschiff hat dein Ur-Ahn gesteuert? Jetzt wundert mich gar nichts mehr." Jane Baier rückte von ihrem Mann ab und setzte sich auf den Sessel. Sie war in den Vereinigten Staaten von Amerika geboren und stolz auf ihre Freiheit und die Stärke der Nation.

„Er hat das Schiff nicht gesteuert", beruhigte Christian Baier. „Vielleicht war er der Jüngste an Bord, der Moses."

„Mit dreiundzwanzig Jahren? Das glaubst du doch selber nicht. Ich kann das hier nicht entziffern. Wie ist er denn nun gestorben." Jane Baier hatte versucht den Text auf dem ausgedruckten Foto zu lesen.

„Das Schiff ist offenbar nicht in einem Sturm am Kap der Guten Hoffnung untergegangen, wie in der Familiensage erzählt wird. Laut Kirchenbucheintragung ist er an einem Fieber gestorben. Der wird sich irgendeinen Virus eingefangen haben."

„Gut so, einen Sklaventreiber weniger!"

Christian Baier überhörte die spitze Bemerkung. „Wie dem auch sei, wir können die Geschichte nicht ändern."

„Da bin ich also seit Jahren mit einem Sklavenhändler verheiratet", sagte Jane Baier. „Das lässt sich ändern."

„Nein, verdammt noch mal!" Christian Baier war aufgesprungen. „Aus dem Dokument geht nur hervor, dass mein Ur-Ur-Ur-Ut-Großvater auf einem Schiff war, dass Richtung Afrika fuhr, wo man wahrscheinlich auch Sklaven an Bord nahm. Es ist nicht einmal sicher, ob er Afrika erreicht hat. Er könnte schon vorher gestorben sein."

„Aber hier", Jane Baier hielt die Kopie in Händen. „Das kann ich gut lesen: ‚... ein Pommerl. Matrose, der auf dem Schiff die Reise mit ihm gemacht, und glücklich zurück gekommen, hat in Liwerpool, des Womreesen seinem Vater nicht viel erzählen wollen...'. Da stimmt doch was nicht. Wieso hat der nicht alles erzählen wollen?"

„Es könnte auch sein, dass er gar nicht am Fieber gestorben ist, sondern dass ihn ein Sklave umgebracht hat, was man vertuschen wollte."

„Ja, ja, natürlich. Immer auf die Schwachen."

„Das ist allerdings reine Spekulation. Vielleicht hat der Sklave nicht richtig zugestochen. Die Wunde hat geeitert, Fieber kam hinzu. Dann würde es mit dem Fieber doch wieder stimmen."

„Da denke ich", sagte Jane Baier, „heirate bloß keinen Weißen in Amerika. Du könntest den brutalen Nachkommen eines Sklavenhändlers erwischen. Ich schaue mich extra in Europa um. Und dann das!"

„Nun reg dich doch bitte nicht auf", versuchte Christian Baier seine Frau erneut zu beruhigen. „Ich kann ja verstehen, dass dich das irgendwie unangenehm berührt."

„Nichts kannst du verstehen! Überhaupt nichts. Gleich morgen werde ich meine Sachen packen!" Jane Baier lief ins Schlafzimmer und versuchte den großen Koffer vom Kleiderschrank zu wuchten.

„Du meine Güte!", Christian Baier rannte hinterher, seine Stimme wurde lauter. „Das ist doch alles über zweihundert Jahre her. Das hat doch nichts mit uns zu tun. Da ist doch längst schon tausendmal Gras drüber gewachsen."

„So, tausendmal? Gras wächst doch nur einmal jährlich, oder? Also zweihundertmal, höchstens. Egal, für mich ist es, als wäre es gestern gewesen. Im Haus eines Sklaventreibers bleibe ich nicht. Basta!"

Christian Baier blickte in die dunklen Augen seiner Frau, strich über ihr schwarzes, krauses Haar und küsste ihre dunklen Lippen. Sie war Afroamerikanerin.

Am nächsten Morgen schrieb Jane Baier in ihr Tagebuch: „Die Liebe ist am schönsten, wenn man sich wirklich liebt, oder nach einer heftigen Auseinandersetzung."

Die Schmuckliste

Tante Juliane, die auf ihren fünfundsiebzigsten Geburtstag zusteuerte, entwickelte panische Angst vor Einbrechern. Sie ließ zum vorhandenen Schloss drei weitere an der Wohnungstür anbringen. Zwei extra gehärtete Stahlschienen spannten sich nun von innen über das Türblatt. Die Fenster ließ sie elektronisch durch eine Alarmanlage sichern. Tante Juliane nagte zwar nicht am Hungertuche, und ihre sieben Schmuckstücke sind echt, aber Bastian hielt ihre Vorsichtsmaßnahmen dennoch für weit überzogen.

Bevor sie zwei Wochen verreiste, brachte sie Tage damit zu, den Schmuck in der Wohnung zu verstecken. Bastian war zunächst nur aufgefallen, dass sie an Kleidungsstücken nähte, die in Ordnung zu sein schienen. Was sie wirklich getan hatte, wurde ihm erst bewusst, als er in ihrer Abwesenheit die Blumen gießen wollte. Er griff nach der Gießkanne unter der Spüle und erwischte versehentlich eine der dort abgestellten Vasen. Schon wollte Bastian sie zurückstellen, als er ein merkwürdiges Rascheln hörte. Er drehte die Vase um, und heraus fiel ein zusammengerollter Papierbogen, der mit einem Gummiring umspannt war. Auf dem Blatt war fein säuberlich aufgelistet, wo sich Tante Julianes wertvoller Schmuck befand: „Diamant im Saum des Wintermantels, Perlenkette im Saum der roten Tischdecke, Türkisohrringe im blauweißen Badetuch…" Welcher Einbrecher hätte sich nicht so eine wunderbare Schatzkarte gewünscht? Schmunzelnd rollte Bastian das Papier wieder zusammen und steckte es in seine Jackentasche.

Nach Tante Julianes Rückkehr berichtete sie ihm aufgeregt: „Stell dir vor, während meiner Reise hat doch tatsächlich jemand eingebrochen. Ich muss sofort neue Türschlösser einbauen lassen. Denn nichts ist beschädigt. Der Dieb muss einen Nachschlüssel haben."

„Was wurde denn gestohlen?", fragte Bastian scheinheilig.

„Nichts, das muss ein ganz blöder Typ gewesen sein."

Sie berichtete, dass der gesamte Schmuck noch vorhanden war, obwohl der Einbrecher die Liste in der Vase gefunden habe. Das sei das einzige, was fehle. Die Liste habe sie angelegt, falls sie sich nicht mehr erinnere, wo sie ihre Wertgegenstände eingenäht habe. Bastian griff in seine Jackentasche und wollte lächelnd die Liste herausziehen. Doch da war kein Papier. Hatte er es doch zu Hause liegen gelassen? Wieder daheim, stellte er das ganze Haus auf den Kopf. Die Liste blieb verschwunden.

Nun dachte Bastian über die Löcher in seinem Gedächtnis nach. Denn er konnte sich wirklich nicht erinnern, wo er das Papier gelassen hatte. Ganz klar, er hatte es eingesteckt, damit es nicht versehentlich ein Dieb fände. Aber dann, wo hatte er die Liste gelassen? Die Sache bereitete ihm wirklich Kopfschmerzen. Da hatte er einen totalen Blackout, obwohl er nichts zu sich genommen hatte. Bastian machte einen Arzttermin aus. Denn er brauchte Gewissheit, ob da irgend etwas bei ihm defekt war.

Stumm nahm ihm der Doktor Blut ab, testete mit dem kleinen Hämmerchen seine Reflexe, horchte ihn ab und tat Weiteres, um ihn gründlich zu untersuchen. Vielleicht hatte ihm ja jemand Tante Julianes Liste geklaut, und er litt gar nicht an Gedächtnisschwund. Verunsichert beobachtete Bastian auf einem Bildschirm, wie sein Herz pochte.

„Warum sind Sie denn so nervös?", fragte der Arzt.

„Ach", begann er, hielt aber sofort inne. Denn der Arzt hatte das geheimnisvolle Gerät abgeschaltet, und der grüne Punkt auf dem Bildschirm flackerte so merkwürdig auf, fiel in sich zusammen und verschwand. Just in diesem Augenblick erinnerte Bastian sich, wo er Tante Julianes Schmuckliste gelassen hatte. Er hatte sie gar nicht mit heim genommen, sondern war noch einmal zurück gegangen, nachdem er alle Blumen gegossen hatte. Spitzbübisch hatte er die Liste in eine andere Vase gesteckt, in die schlanke schwarze. Wie das Papier in dem dunklen Vasenhals verschwand, das hatte genau so ausgesehen wie eben der Lichtpunkt auf dem Bildschirm, der einfach im Dunkeln verschwunden war. Der Arztbesuch hatte sich gelohnt.

Wieso, hatte Bastian sich damals gefragt, sollte die Schmuckliste bei mir sicherer sein als bei meiner Tante? Aber einen kleinen Streich hatte er sich erlauben wollen. Erleichtert atmete er auf und erhob sich vom Untersuchungsstuhl.

„Herr Doktor, wir können aufhören. Ich bin gesund."

„Das wollen wir erst einmal abwarten", erwiderte der Arzt. „In einer Woche liegen die Untersuchungsergebnisse vor. Dann sehen wir weiter."

„Aber nach Ihrem ersten Eindruck würden Sie doch bestätigen, dass ich gesund bin, oder?", bohrte Bastian.

„Nun", seine Miene wurde noch ernster, „die medizinische Wissenschaft hat in den letzten Jahren so gewaltige Fortschritte gemacht, dass es für einen Arzt heutzutage fast unmöglich ist, jemanden für völlig gesund zu erklären."

Der Angstschweiß brach Bastian aus. Die Untersuchungsergebnisse interessierten ihn jetzt überhaupt nicht mehr. Sollte das Labor finden, was es wollte.

Bastian eilte zu Tante Juliane, wo ein Handwerker an der Eingangstür werkelte.

„Neue Schlösser", sagte sie erklärend. „Das musste sein. Stell dir vor, das war ein Komiker."

„Wer?"

„Der Einbrecher. Um mich zu ärgern, hat der die Liste in eine andere Vase gesteckt. Aber künftig mache ich keine Liste mehr. Ich weiß auch so, wo die sieben Schmuckstücke stecken."

Wie es euch gefällt

Stefans Neffe Jakob ist der geborene Optimist. Aber nicht nur das. Wie viele Zeitgenossen neigt er zur Selbstdarstellung. Als er zwölf war, bewarb er sich erfolglos bei den TV-Super-Soaps wie „Big Brother", „Girlscamp" und ähnlichem Budenzauber. Das hinderte ihn aber nicht, auf anderem Terrain seine Fähigkeiten zu präsentieren.

Leider konnte Stefan wegen anderer Termine der Premiere der Theateraufführung in Jakobs Schule nicht wahrnehmen. Das sah Jakob ein und lud ihn strahlend zur nächsten Aufführung ein, eine Woche später. Es hätte nicht ihm, sondern Stefan das Herz gebrochen, auch die nächste Vorstellung zu versäumen. So wie er ihn anstrahlte und prophezeite, wie begeistert das Publikum sein würde. Da musste Stefan zusagen. Keine Frage, er würde Himmel und Hölle in Bewegung setzen, die nächste Aufführung nicht zu versäumen. So junge Talente muss man einfach fördern.

„Was führt ihr denn überhaupt auf?", wollte Stefan wissen.

„Shakepeare - 'Wie es euch gefällt'." Seine Augen leuchteten, als stünde er gemeinsam mit Demi Moore und Mario Adorf auf der Bühne.

„Aha", hauchte Stefan. „Gleich so etwas Anspruchsvolles, Shakespeare. Und welche Rolle hast du?"

„Ich spiele den Probstein. Englisch: Touchstone. Das ist eine ganz wichtige Rolle!"

„Ist das nicht der Pikelhäring?"

„Richtig! Ohne den würden die Leute das Stück überhaupt nicht kapieren. Aber dafür sorg ich schon. Also ruf mich an, sobald du weißt, ob es nächste Woche klappt, damit ich dir einen Platz reserviere."

Einige Tage später hatte Stefan seine Termine neu geordnet und wollte die Theateraufführung eintragen. Also rief er Jakob an, um sich einen guten Platz zu sichern. „Es wäre schön, wenn ich ganz vorn sitzen könnte", sagte er. „Lässt sich da noch etwas machen?"

„Was hältst du von einem Platz in der ersten Reihe?", fragte Jakob.

„Geht das denn noch?"

„Klar, das manage ich schon."

Stefan war überglücklich. In zwei Tagen war die Aufführung, und er bekam noch einen Platz in der ersten Reihe. Bestimmt stellten sie für ihn einen Extrastuhl auf. Hoffentlich hatte er dann nicht einen Pfeiler vor der Nase. Stefan bedankte sich und ließ durchblicken, dass er der Theatergruppe eine großzügige Spende zukommen lassen würde. Schon wollte er auflegen, als ihm noch eine wichtige Frage durch den Kopf schoss: „Äh, um wie viel Uhr beginnt die Vorstellung?"

Jakob räusperte sich und fragte: „Wann kannst du da sein?"

Schnitzel, gependelt

Zur Feier des Tages lud Martin die Dame seines Herzens in ein nobles Restaurant ein. Immerhin kannten sie sich nun bereits einen vollen Monat. Interessiert blätterten beide in der Speisekarte. Plötzlich unterbrach die Dame das stille Studium der aufgelisteten Menüs.

„Schnitzel, gependelt! Hast du das schon mal gegessen?"

„Wo?"

„Seite drei, oben."

Er las laut: „Wiener Schnitzel, Jägerschnitzel, Schnitzel, gependelt. - Hm. Vielleicht ein Schreibfehler. Es gibt so viele Ausländer in der Gastronomie. Wir fragen den Ober."

Der Ober, ein junger Mann, gab freundlich Auskunft über das „Schnitzel, gependelt".

„Im Prinzip wird es wie ein Wiener Schnitzel zubereitet. Frische Scheiben aus der Kalbsnuss werden paniert und bei 180 Grad in Butterschmalz schwimmend gebacken.

„Und wieso gependelt?", unterbrach Martin.

„Das Fleisch wird zur Entspannung der Fasern zuvor nicht wahl- und ziellos mit dem Fleischklopfer plattgeschlagen. Jede Schlagstelle pendelt der Koch mit einem eigens dafür gefertigten Bernsteinpendel aus Lettland genauestens aus. Erst dann klopft er wohl dosiert die entscheidenden Punkte. Auf diese Weise soufliert die Panierung optimal und umhüllt das Schnitzel ganz locker. Das Fleisch bewahrt dabei seinen einzigartig herzhaften Eigengeschmack. Ich kann es nur empfehlen."

Um etwas Zeit zu gewinnen, schickte Martin den Ober erst einmal weg. „Danke für die ausführliche Erklärung. Wir haben noch nicht die ganze Speisekarte studiert."

Dann fragte er die Dame seines Herzens schmunzelnd, ob sie an den Hokuspokus mit dem Pendel glaube. Doch die Dame hielt Pendeln nicht für Hokuspokus.

„Wenn wir es nicht probieren, werden wir den Unterschied nicht schmecken", sagte sie.

„Und wenn es doch nur fauler Zauber ist, zahle ich doppelt so viel als für ein normales Wiener Schnitzel", dachte Martin und bestellte zwei „Schnitzel, gependelt".

„Hmmm, hervorragend", schnurrte die Dame seines Herzens begeistert, nachdem das erste Stückchen Fleisch ihre zarten Lippen passiert hatte.

„Tja, irgendwie schmeckt es nach Wiener Schnitzel", erwiderte Martin trocken.

„Aber viel lockerer und herzhafter, dass musst du zugeben."

Er nickte und war glücklich, dass sie glücklich war.

Später, als sie Hand in Hand das Restaurant verließen, fiel sein Blick auf das unübersehbare Schild vor der Baustelle neben dem Feinschmeckerlokal. „Hier wird unser neues Restaurant errichtet", stand dort in riesigen Lettern. Martin konnte das Gefühl nicht unterdrücken, an diesem Abend entscheidend zur Finanzierung des neuen Gourmet-Tempels beigetragen zu haben.

Kalender gesucht

Wehe man verliert seinen Taschenkalender mitten im Jahr. Nicht nur, dass dann alle Daten weg sind...

Ich weiß heute noch nicht, wo er abgeblieben ist, mein schöner kleiner, in Leder gebundener Taschenkalender mit Stift. Es standen keine Geheiminformationen darin, weder geheime Kontozahlen noch Adressen oder Termine mit einer heimlichen Geliebten. Wenn das wenigstens drin gestanden hätte. Dann hätte ich mir ausmalen können, was der neue Besitzer meiner Daten jetzt unternahm. Ich hätte ihn verfluchen und an die Antarktis verwünschen können, damit seine Langfinger abfrieren. Doch was in meinem Taschenkalender stand, war weder vertraulich noch offenbarte es irgendwelche Geheimnisse. Mein Taschenkalender diente lediglich meinem Gehirn als Krücke.

Nun war er weg. Und mit ihm alle Daten. Geburtstage, Hochzeitstage, Staatstage, Urlaubstage, Ostertage, alles weg. Wann war noch einmal der Zahnarzttermin gewesen, Dienstag oder Donnerstag? Okay, es war nicht so schlimm, den zu verpassen. Doch wenn ich einen Termin nicht gleich notiere, weiß ich ihn fünf Minuten später nicht mehr.

So ein Taschenkalender gewinnt ungeheuer an Bedeutung, wenn er weg ist. Deshalb nicht lange getrauert, her mit einem neuen. Damit begann des Dramas zweiter Teil.

„Wie, Sie haben keine Taschenkalender mehr?" Ungläubig starrte ich die Verkäuferin an. „Ich wollte doch nur so einen, wie ich Ende letzten Jahres einen bei Ihnen gekauft habe, klein, handlich, Ledereinband..."

„Es tut mir wirklich leid. Aber wir haben schon seit ein, zwei Monaten keine Taschenkalender mehr. In sechs Wochen kommen die für nächstes Jahr", sagte die Verkäuferin geduldig.

„Aber das Jahr ist noch nicht einmal zur Hälfte um. Wir haben heute den 28. Juni. Was soll ich denn jetzt machen? Mein Kalender ist weg."

„Versuchen Sie es doch einmal bei Büro-Schneider. Vielleicht haben die noch Kalender", riet mir die Verkäuferin.

Büro-Schneider hatte auch keine Kalender mehr. Aus dem Branchentelefonbuch schrieb ich mir die Adressen weiterer Schreibwarengeschäfte ab. Irgendwo musste es doch noch Kalender geben. Bei der fünften Adresse zeigte sich Licht am dunklen Kalenderhimmel.

„Versuchen Sie es doch einmal bei der Sparkasse oder bei der Zeitung. Die haben bestimmt noch etwas von ihren Werbeartikeln rumliegen", sagte ein pfiffiger Händler. „Viel Glück!"

Bei der Sparkasse gab es keine Kalender mehr. Aber bei der Anzeigenannahmestelle der Zeitung zog man ein angeknicktes Blatt unter dem Tresen hervor.

„Das ist alles, was wir noch haben", sagte die Dame mit einem Achselzucken.

Sie überreichte mir ein etwa DIN A4 großes Stück Karton, auf dem das erste Halbjahr auf der einen und das zweite Halbjahr auf der zweiten Seite verzeichnet war. Für jeden Tag gab es eine winzige Zeile. Das war nun wirklich nicht, was ich erhofft hatte. Aber immerhin, nun konnte ich wenigsten nachsehen, wann Weihnachten ist.

Blutrünstige Bestie

Es gab eine Phase in meinem Leben, wo ich an jedem sonnig warmen Tag einer Attacke ausgesetzt war. Tatsächlich hatte ich nicht jeden Tag den Angreifer abzuwehren. Ich wusste nur, heute scheint die Sonne, da musst du aufpassen.

Ich war damals dreizehn oder vierzehn Jahre alt und wohnte in einer Kleinstadt in Norddeutschland. Täglich um vierzehn Uhr fuhr ein Zug aus Hamburg in den Bahnhof. Aus dem stiegen nicht nur Reisende, sondern es wurden auch dicke Zeitungspakete entladen: das *Hamburger Abendblatt*.

Die Abonnenten dieser Tageszeitung waren in drei Bezirke eingeteilt. Ich war für einen Bezirk zuständig. Bei jedem Wetter trug ich täglich, außer Sonntag, zwischen 105 und 115 Zeitungen aus. Für die etwa sieben Kilometer lange Strecke benutzte ich mein Fahrrad.

Viele Kunden hatten besondere Wünsche, wo die Zeitung abzulegen sei: auf der Fußmatte im zweiten Stock, zwischen Torpfosten und Mauer, auf dem Fensterbrett, innen. Das Fenster war zu diesem Zweck für mich immer nur angelehnt. Auf keinen Fall durfte ich die Zeitung dort in den Briefkasten stecken. Dann gab es sofort eine Beschwerde.

Eines Tages bekam ich die Adresse eines neuen Kunden. Die Jugendstilvilla war von einem riesigen, parkähnlichen Garten umgeben, Es gab kein Tor, nur eine breite, stets offene Zufahrt. Die kleine Privatstraße führte direkt zur einladenden Freitreppe und in großem Bogen wieder zurück.

Ich radelte zur Treppe, klemmte mein Fahrrad mit einem Pedal daran fest, zog eine Zeitung aus der Tasche, sprang die Treppe hinauf, schob die Zeitung durch den breiten Briefschlitz in der Eingangstür und ließ die Klappe mit einem Klick zufallen. Das war mein Fehler.

Ich saß noch nicht richtig auf dem Fahrrad, als ein Hund anschlug und um die Hausecke gerannt kam. Es war ein kleiner, pechschwarzer Hund. Keine Ahnung, welcher Rasse er angehörte. Er war jedenfalls groß genug, um seine spitzen Zähne in meine strampelnden Waden schlagen zu können. Dazu ließ ich es nicht kommen. Ich war schneller mit meinem Fahrrad als diese kläffende Bestie.

Am folgenden Tag radelte ich ganz leise zur Freitreppe und stellte das Fahrrad an die Hauswand. Das Abstellen mit einem Pedal auf der untersten Treppenstufe war ein Balanceakt und konnte leicht schief gehen, was Lärm verursacht hätte. Leise stieg ich die Treppe hinauf, öffnete den Briefkastenschlitz, schob die Zeitung durch und wollte ganz sanft die Klappe schließen. Doch als die Zeitung hinter der Tür auf den Boden fiel, schlug dieser verdammte Köter an. Er kläffte hinter der Eingangstür und sprang dagegen. Ich wusste nicht, wie lange er brauchen würde, um durch eine Seiten- oder Kellertür zur Frontseite des Hauses zu gelangen. Also sprang ich schnell auf mein Fahrrad. An der Einfahrt zum Grundstück blickte ich zurück. Der kleine schwarze Teufel war nicht zu sehen. Dafür regnete es.

Nach ein paar Tagen hatte ich den Bogen heraus. Immer wenn es regnete, konnte ich laut sein. Der gefährliche Hund blieb im Haus. Aber wehe, es war warm und die Sonne schien. Da musste ich leise und schnell sein.

Es heißt zwar, dass bellende Hunde nicht beißen würden. Doch das wollte ich nicht ausprobieren.

Das Rendezvous

„Junge, siehst du geschlaucht aus", begrüßte Christian seinen Kollegen morgens im Büro. „War wohl 'ne heiße Nacht?"

„Halt die Klappe", knurrte Gerd.

„Erzähl schon. Wie war's?", hakte Christian nach.

Gerd ließ sich auf seinen Bürostuhl fallen und stützte die Ellenbogen auf. Sein Kopf fand auf den Handballen einen guten Ruheplatz. Die Augenlider klappten zu.

„Komm, komm, Junge. Nicht einschlafen. Du bist hier nicht zu Hause. Jeden Augenblick kann der Chef reinschneien." Christian zog ihm einen Ellenbogen weg.

Gerds Kopf sauste nieder und wäre beinahe brutal auf die Schreibtischplatte geschlagen. Ein letzter Reflex verhinderte das Schlimmste. Sein Kopf kam sanft auf der Schreibunterlage zu liegen und machte keine Anstalten, dieses sonst eher harte Kissen im Zweimannbüro zu verlassen.

Christian schlug mit der Faust auf den Schreibtisch und parodierte den Chef: „Also, so geht das nicht, Herr Marquardt!"

Müde lächelnd richtete Gerd sich auf.

„Berichte, und markier' hier nicht den Toten! Wie war das gestern? Du hattest doch diese Verabredung. Ich hab euch gesehen, als ihr losfuhrt. Ihr habt also offenbar die ganze Nacht ..."

„Halt die Klappe", knurrte Gerd erneut. Seine Körperwerte hatten noch nicht die Normalpegel erreicht.

„Muss ja ein heißer Feger sein", begann Christian erneut. „So kaputt hab ich dich noch nie gesehen. Dass ich das noch erlebe. Also, wie war es?"

Allmählich begriff Gerd, dass sein Kollege nicht früher lockerlassen würde, als bis er etwas erzählt hatte. Sie waren

beide geschieden und übertrafen sich gerne mit ihren Frauen-
geschichten. Nur wenn es mal nicht so gelaufen war wie geplant, wurde eisern geschwiegen. Doch heute konnte Gerd
nicht verheimlichen, dass ihm das letzte Rendezvous reichlich
zugesetzt hatte. Sein Körper posaunte einfach alles aus. Welche Schlüsse würde Christian ziehen, wenn er nichts erzählte?

„Sabine ist sehr sportlich", begann Gerd leise. „Du hast sie
ja schon gesehen, die oben aus der Chefetage. Eine
Top-Figur. Da findest du alles in appetitlichen Portionen an
der richtigen Stelle. So ein Traumkörper braucht eben Pflege.
Von nichts kommt nichts. Tägliches Training. Also sind wir
erst einmal nach Marathon gelaufen. So etwa fünfhundert Kilometer, wahrscheinlich noch mehr..."

„Komm, komm, überzieh' nicht so schamlos", ermahnte
Christian scharf.

„Das war noch gar nichts", setzte Gerd seinen Bericht fort
und kam jetzt richtig in Fahrt. „Anschließend sind wir ins Fitnesscenter. Mindestens eine Stunde an jeder Maschine. Bei
der dreißigsten habe ich aufgehört zu zählen. Da gibt's Appa-
rate, sag' ich dir, die hast du noch nie gesehen. Wir haben
nichts ausgelassen: Gewichte, Federn, heben, stemmen,
stoßen, ziehen. Und Sabine immer vorneweg. Die kennt sich
da aus. Die Frau hat eine Energie kann ich dir sagen. Die
wollte mich fertig machen. Aber nicht mit mir. Ich hab's ihr
gezeigt. Der sind beinah ihre himmelblauen Augen aus dem
Kopf gefallen."

„Du Armer", heuchelte Christian.

Gerd schaute irritiert seinen Kollegen an. „Du scheinst mir
ja gar nichts zuzutrauen. Nach drei Metern hättest du doch
schon Seitenstiche gehabt. Aber das war noch nicht alles.
Noch ein gesunder Drink an der Fruchtbar, du weißt schon, je
ekelhafter, desto gesünder. Also nach so einem trüben Drink

sind wir dann in den Squash-Käfig. Bis zur Erschöpfung. Aber nach der Dusche war ich wieder topfit."

„Aha, und dann..."

„Ja, was hast du denn gedacht", würgte Gerd ihn ab.

„Ja, ja", erinnerte sich Christian und blickte dabei versonnen aus dem Fenster. „Die Zeiten, wo ein Rendezvous noch mit einem Abendessen bei Kerzenlicht eingeläutet wurde, sind halt lange vorbei."

Gerds Telefon surrte. Doch er dachte nicht daran abzuheben. „Nimm du ab. Ich bin noch nicht verhandlungsfähig." Er drückte auf den Knopf zum Mithören und lehnte sich zurück.

„Kreditabteilung, Kallmann", meldete sich Christian.

„Ist Herr Marquardt nicht da?", hauchte eine weibliche Stimme. Gerd erkannte sie sofort und hätte Christian am liebsten den Hörer aus der Hand gerissen. Aber er war zu langsam und Christian wich grinsend zurück.

„Im Augenblick nicht. Mit wem habe ich das Vergnügen?"

„Hier ist Sabine. Ist Gerd heute schon eingetroffen?"

„Ja sicher, den haut so schnell nichts um. Er wirkt zwar noch etwas müde, aber das gibt sich."

„Ein Glück." Sabine schien das Gespräch beenden zu wollen.

Christian setzte zu einem Flirt an.

„Übrigens, ich würde mich freuen, wenn Sie mir auch mal das Fitnesscenter zeigen könnten."

„So, so", kam es zögernd. „Ich habe mir halt Sorgen gemacht um Gerd. Und ich weiß nicht, wie es um Ihre Kondition steht."

„Keine Sorge, ich bin kerngesund ..."

„Ja, ja", unterbrach Sabine. „Das sagte Gerd auch. Und nach unserem Squash-Match mit Martinshorn und Blaulicht ab in die Notaufnahme."

Das Empire State Building

Vor etliche Jahrzehnten, während meiner Karriere als See-mann, fuhr ich mit dem angesehenen Passagierschiff *TS Bremen* zum ersten Mal nach New York. Vorbei an der Grün-spanminna (Seemannsjargon für die Freiheitsstatue) erschie-nen graue Wolkenkratzer aus dem Morgennebel. Ich kannte die Skyline von Manhattan bereits aus der Wochenschau im Kino. Dennoch war ich sehr beeindruckt von den dicht beiei-nander stehenden riesigen Gebäuden, die sich teils wie Felsen im Hochgebirge vom Himmel abhoben. Ein „Fels" ragte be-sonders heraus: das Empire State Building. Damals war es das höchste Gebäude der Welt.

An Bord hatte ich die Acht-Zwölf-Wache, also von mor-gens acht Uhr bis mittags um zwölf Uhr und von abends zwanzig Uhr bis Mitternacht. Meistens hielt ich mich nicht in der Elektrozentrale auf, sondern wechselte defekte Lampen aus und reparierte etwas. Durch die permanenten Vibrationen des Antriebs ging immer etwas kaputt auf dem großen „Pott". Täglich machte ich ein oder zwei Rundgänge durch das ge-samte Schiff, auch die Brücke ließ ich nicht aus. Zusätzlich gab es je nach Bedarf Überstunden. Aber nicht am Tag, nach-dem wir in New York angelegt hatten. Dem Oberelektriker hatte ich das klar gemacht. Er zeigte Verständnis, dass ich in die Stadt wollte.

Nachdem wir festgemacht hatten und meine Dienstzeit be-endet war, machte ich mich auf den Weg zum Empire State Building. Es schien nur ein paar hundert Meter entfernt zu sein. Blauer Himmel mit strahlendem Sonnenschein über New York, was wollte ich mehr? Im Zickzack durch die überwie-gend rechtwinklig angelegten Straßen steuerte ich mein Ziel an.

Ich war noch nicht weit gekommen, als mich ein Mann so um die dreißig ansprach und fragte, ob er mir die Stadt zeigen dürfe. Er sprach sehr gutes deutsch, wenn auch mit amerikanischem Akzent. Ich wunderte mich darüber, woran er wohl erkannt haben mochte, dass ich aus Deutschland kam. In seinem hellgrauen Anzug wirkte er nicht wie ein Halunke. Ob er mich bereits seit dem Verlassen des Schiffes verfolgt hatte? Wie einem alten Bekannten bot er seine Dienste an. Ein freundlicher Typ. Dennoch, ich lehnte höflich ab. Wer weiß, wohin der mich führen würde und wo sein Komplizen warteten. Ich hatte zwar nur ein paar Dollars bei mir und sonst nichts Wertvolles, aber ich hatte bereits grausliche Geschichten von Überfällen in New York gehört. Außerdem wusste ich bereits, wohin ich wollte, und brauchte keine Führung. Der Mann akzeptierte meine Ablehnung. Ich ließ ihn einfach stehen und schaute mich ein paar mal um, ob er mir folgte. Nein, dass tat er nicht.

Die Spitze, den Turm des Empire State Buildings, im Auge behaltend, war ich schnell voran gekommen und schon ganz nahe. Nur noch um zwei Häuserblocks, dann müsste ich dort sein. An einer grauen Granitwand stand überraschend in großen Messing-Lettern: Empire State Building. War ich bereits angekommen? Ich blickte am Gebäude hinauf. Nein, das konnte nicht das höchste Haus der Welt sein. Es war nicht hoch genug und hatte keinen Turm. Wo war der Wolkenkratzer geblieben, den ich die ganze Zeit angesteuert hatte? Verschwunden? Ich blickte wieder hinauf. Kein Turm. Hatte man den inzwischen abgebaut? Blödsinn. Möglicherweise konnte ich den Turm aus dieser Perspektive nicht sehen, weil ich direkt vor dem Gebäude stand. Aber sicherheitshalber sollte ich fragen und keine Zeit im falschen Haus verschwenden.

Ein paar Schritte weiter befand sich ein Eingangsportal. Leute gingen ein und aus, nicht viele, aber regelmäßig. Ein

Uniformierter stand neben der Tür. Ich ging auf ihn zu und fragte auf englisch, ob dies das Empire State Building sei. Yes, Sir, sagte er. Ich ging hinein und kaufte ein Ticket für den Fahrstuhl. Vor dem Lift hatte sich eine Warteschlange gebildet. Ein Fahrstuhlwärter zählte ab, wie viele Personen jeweils einsteigen durften. Schließlich stand ich in dem Lift. Mit einem unglaublichen Tempo wurde der Kasten nach oben gezogen. Meine Ohren gingen zu. Dann bremste die Fahrt plötzlich. Waren wir schon oben? Nachdem wir ausgestiegen waren, fragte mich jemand, ob ich nach ganz oben wolle. Natürlich. Ab in den nächsten Fahrstuhl.

Endlich stand ich auf der Aussichtsplattform im 86ten Stockwerk unter freiem Himmel und schaute mich um. Herrlich! Ganz New York lag unter mir, und ich konnte die gesamte Stadt überblicken. Die Sonne strahlte immer noch und der Himmel war blau, kein Smog in Sicht damals. In Richtung Hudson River wurde an zwei Gebäuden gebaut, dem World Trade Center. Der eine Turm war fast doppelt so hoch wie der andere. Aber beide endeten weit unter meinen Füßen. Die jeweils oberen Stockwerke schimmerten dunkelrot. Ich vermutete, dass sie nur aus Stahlgerüst bestanden, das mit Rostschutzfarbe angestrichen war.

Als ich in die Häuserschluchten hinab blickte, wurde mir klar, dass ich den Turm des Empire State Buildings von der Straße unten wirklich nicht sehen konnte, weil der Blickwinkel es nicht erlaubte. Ich machte ein paar Fotos.

Auf der Aussichtsplattform tummelten sich Leute aus aller Welt. Weiße, braune, gelbe, schwarze, rote, ja, ich meinte, auch einige echte Indianer gesehen zu haben. Ein weiterer Lift zog mich in den Turm hinauf. Endlich stand ich im 102ten Stockwerk, der höchsten Ebene für Besucher. Der Ausblick war enttäuschend. Erstens sah ich nicht mehr als von der Aussichtsplattform, und zweitens war alles verglast. Die Scheiben angegilbt und verkratzt, wahrscheinlich Plexiglas.

Hier hinauf war also „King Kong" geklettert, außen an der Gebäudefassade und mit der weißen Frau in der Hand. Der Kinofilm hatte echt gewirkt, obwohl mir einleuchtete, dass der Riesenaffe niemals unter freiem Himmel auf dem Empire State Building gestanden haben konnte. Aus vier um ihn kreisenden Doppeldeckern war auf ihn geschossen worden. Einer war zu nahe gekommen, „King Kong" erwischte ihn und schleuderte den Flieger in die Tiefe. Die Filmemacher von 1933 hatten bereits gute Arbeit geleistet. Hier stand ich nun und hatte denselben Blick auf Manhattan wie „King Kong" und die weiße Frau.

New York war eine einzigartige Erfahrung für mich, damals im Jahre 1970. - Nachdem ich wieder hinunter gefahren war und noch einmal zum Turm hinauf schaute, konnte ich ihn wieder nicht sehen. Ich dachte an meine Verwirrung bei der Ankunft und an die allge-

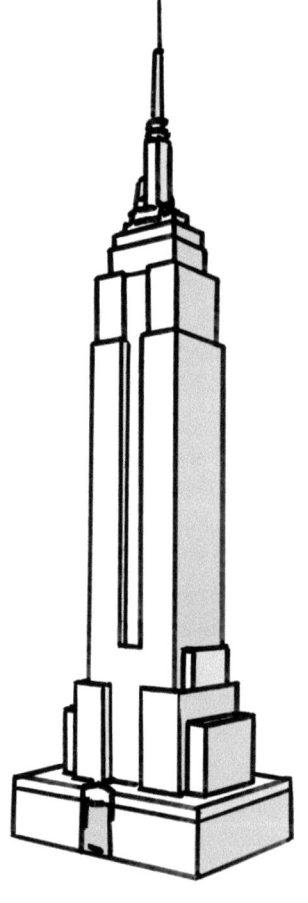

94

meine Tatsache, die sich oft einstellt, wenn man ein Ziel ansteuert. Kurz vor dem Erreichen ist man plötzlich verwirrt und zweifelt, ob man auf dem rechten Weg ist.

Attacke in Finnland

Ich erwachte früher als geplant. Dennoch kein Mysterium: in meinem Rachen brannte ein Feuer. Ein kühler Wasserschluck brachte kaum Linderung. Aber da ich nun schon mal wach war, suchte ich den Frühstücksraum des Hotels auf. Die heiße Schokolade schien das Feuer zu löschen. Dafür feuchtete sich nun die Nase an.

Zunächst füllte sie sich nur mit dünner Flüssigkeit. Doch beim letzten Frühstücksbissen musste ich bereits das dritte Papiertaschentuch zücken. Unglaublich, woher kam so plötzlich und in diesen Mengen das klare Wasser in meine Nase? Ich hatte doch heiße Schokolade getrunken, die dunkelbraun war.

Wie dem auch sei. Ich saß in einem Hotel in Jyväskyla, mitten in Finnland. Die Schulung an den Tagen zuvor war gut gelaufen. Nun sollte es heim gehen. Ich packte meinen Koffer, bestellte ein Taxi und ließ mich zum Flughafen bringen. Meine Nase lief immer noch. Das würde sicherlich gleich nachlassen, beruhigte ich mich. Und im Flughafen würde ich die Apotheke aufsuchen und mich sicherheitshalber mit geeigneter Medizin versorgen.

Nach einer halben Stunde erreichten wir im Norden von Jyväskylä den Flughafen, weit außerhalb der Stadt. Ich bezahlte, das Taxi brauste davon. Weit und breit kein Mensch zu sehen. Völlig allein stand ich vor dem Flughafengebäude, einem modernen, grauen Flachbau aus Glas und Beton. Zwei gläserne Portale für „Departure" und „Arrival" nur wenige Schritte entfernt. Ich wähle „Departure". Die Tür öffnete sich nicht automatisch, obwohl ich fast mit meiner triefenden Nase dagegen geschlagen wäre. Ich packte den Türgriff, zog und drückte. Nichts. Abgeschlossen. Vielleicht hatte man vergessen die Tür zu öffnen. Auf zur Arrival-Tür. Dort das selbe. Ebenfalls abgeschlossen.

Das gibt's doch nicht. Nun war ich schon überpünktlich am Flughafen und stand vor verschlossenen Türen. Es war Sonntagmorgen, aber bereits nach zehn Uhr. Schliefen die Finnen so lange? Ich wollte mich bemerkbar machen und schaute durch die Glastüren. Kein Mensch in der geräumigen Abfertigungshalle. Drinnen war nicht einmal Licht eingeschaltet. Alles leer und wie tot. War ich am falschen Flughafen? Nein, in Google Earth war weit und breit nur ein Flughafen verzeichnet gewesen. Hatte ich mich im Datum geirrt? Gab es einen Feiertag in Finnland, von dem ich nichts mitbekommen hatte? Unsinn.

Ich schritt das Gebäude ab und fand einen Nebeneingang. Auch verschlossen. Ein hoher Zaun hinderte mich, aufs Rollfeld zu laufen. Aber dort war auch niemand zu sehen. Weit und breit kein Mensch, den ich hätte fragen können, was los war. Kein anderes Gebäude in Sichtweite, überall finnische Wälder und Gestrüpp. Nicht einmal eine Kebab-Bude. Drei Autos auf dem Parkplatz. Sie schienen dort übernachtet zu haben. Keine wartenden Taxis am Eingangsbereich und der Strom aus meiner Nase glich inzwischen dem Rheinfall bei Schaffhausen. Ich brauchte dringend medizinische Hilfe.

Mein Flieger sollte um 14:35 Uhr abheben. Es war jetzt 11:30 Uhr. Ich war offenbar der einzige Mensch auf dem Flughafengelände, und meine Nase lief und lief. Erstaunlich, wie viel Flüssigkeit im Kopf steckt. Aus dem Koffer zerrte ich das letzte Päckchen Papiertaschentücher.

Wenn ich jetzt ein Taxi riefe, käme es sicherlich aus der Stadt und brauchte eine halbe Stunde zum Flughafen. Die Telefonnummer steckte im Aktenkoffer. Mit dem Taxi wäre ich dann nach einer weiteren halben Stunde wieder in Jyväskylä. Zeit, erneut zum Flughafen aufzubrechen. Die Fahrerei brächte also nichts außer einer saftigen Rechnung.

Ich setzte mich auf die blaue Bank neben dem Eingang des Flughafengebäudes direkt vor dem Parkplatz und versuchte meine Gedanken zu ordnen. Ja, ich hätte mich informieren sollen, wann am Sonntagmorgen der Flughafen geöffnet wird. Bereits bei der Ankunft hätte ich stutzig werden sollen. Der Himmel war schwarz gewesen, als der Flieger landete, und gleich am Ausgang stand ein Taxifahrer mit einem Schild vor der Brust, auf dem mein Name stand. Neben ihm sechs oder sieben weitere Chauffeure mit entsprechenden Schildern. Ich war gleich auf ihn zu gegangen und hatte mich nicht im Flughafen umgesehen. Mein finnischer Kollege hatte mich vor dem Abflug informiert, dass ich mir ein Taxi im Voraus bestellen sollte, weil ich sonst keines am Flughafen vorfinden würde. Auch würde um 00:45 Uhr kein Bus mehr in die Stadt fahren. Also hatte ich brav ein Taxi bestellt. Alles war gut abgelaufen. Dass Jyväskylä einen Miniflughafen haben könnte, auf die Idee war ich nicht gekommen. Internationale Flughäfen waren mein Zuhause.

Und nun saß ich hier an einem kühlen Tag im Spätherbst mit einer tropfenden Nase. Wenigstens regnete es nicht, obwohl sich der Himmel über diesem Mikroflughafen grau zugezogen hatte. Wo waren eigentlich meine Rachenschmerzen geblieben? Offenbar von der verschnupften Nase verdrängt.

Historiker wollen herausgefunden haben, das verschnupfte Nasen im siebzehnten Jahrhundert in Nordamerika ganze Indianerstämme hinweg gerafft hätten, weil die Ureinwohner keine Abwehrstoffe gegen jene Bazillen oder Viren hatten. Vielleicht gab es in Finnland entsprechende Plagegeister, gegen die ich keine Abwehrstoffe hatte. Vielleicht würde meine geplagte Nase mir gleich den Garaus machen. Das Atmen fiel mir bereits schwer. Einer war immer der Erste, der einer Epidemie zu Opfer fiel.

Endlich rollte ein Kleinwagen auf den Parkplatz. Eine Person sprang heraus und verschwand im Nebeneingang. Erleichtert atmete ich auf. Jetzt war das Leben erwacht. Und tatsächlich, Licht flackerte im Gebäude auf. Ich schnappte meinen Koffer und ging zur Eingangstür. Super, sie ließ mich ein. Doch in der übersichtlichen Abfertigungshalle immer noch kein Mensch. Wo war die Apotheke? Pustekuchen. Keine Apotheke. Der einzige Kiosk hatte auch nicht geöffnet. Wo sollte ich jetzt Taschentücher kaufen? Auf zur Toilette. Ich schnappte mir einen Stapel Papierhandtücher und setzte mich in die Halle. Wenigstens konnte ich mit dem harten Papier meine persönlichen Niagarafälle auffangen, wenn auch nur kurze Zeit.

Erneut zur Toilette, wo ich mir den letzten Rest der Papiertaschentücher griff. Demnächst wäre die Damentoilette dran. Beim Verlassen hätte ich beinahe einen Mann umgerannt. Und dann noch einen. Plötzlich strömten Leute in die Eingangshalle. Aber der Abfertigungsschalter war immer noch nicht besetzt, der Kiosk geschlossen und der Souvenirschalter ebenfalls. Immerhin konnte ich mir kratzige Papierhandtüchern unter die Nase halten. Irgendwann käme wahrscheinlich Blut. Dann würde es ernst werden.

Auf der Anzeigetafel wurde ruckartig mein Flug aufgelistet. Herrlich, ich war auf dem richtigen Flughafen. Nichts wie ab ins Flugzeug. Sicherheitsbeamte erschienen aus dem Nichts und überprüften mich und mein Gepäck. Meine Nase ließen sie in Ruhe. Es hatte auch nicht gepiept, als ich die Schleuse passierte. Die Stewardess brachte mir Servietten. Auf Taschentücher war man nicht eingerichtet. Offenbar war ich wirklich das erste Opfer der finnische Schnupfen-Attacke. Gewiss würde ich auf dem Flug nach Helsinki meinen letzten Schnaufer tun. Sollten sich die Finnen um meine sterbliche Hülle kümmern! Ich wünschte mir sowieso, dass meine Asche im Meer entsorgt würde. Die Finnen sind ja reichlich von Wasser umgeben. Sollte ich noch schnell mein Testament machen?

Endlich in Helsinki. Ich stellte mich in die Schlange vor der Apotheke. Der Apothekerin brauchte ich nichts zu erklären. Sie langte ins Regal hinter sich und stellte eine schlanke Packung auf die Theke. Ich bezahlte und schaute mich nach einer stillen Ecke um. Es gab keine. Überall wuselten Reisende umher. Denen den Rücken zuwendend, stellte ich mich vor eine Wand, riss die medizinische Verpackung auf und sprühte den Inhalt der Flasche in meine Nasenlöcher.

Eine ekelhaft schmeckende Flüssigkeit rann irgendwo ganz hinten die Kehle herab, als ich den Kopf in den Nacken legte. Die Nase war frei, ich schnäuzte kräftig. Und noch einmal. Die Niagarafälle stellten ihre Tätigkeit augenblicklich ein. Ein Wunder, das jeden Zauberkünstler blass aussehen ließ. Ich war mir meines baldigen Todes nicht mehr sicher.

Der Metall-Container

Die Fesseln der Gewohnheit kann man deshalb so schwer abschütteln, weil sie zunächst extrem leicht sind. Man bemerkt nicht, wie sie heimlich an Gewicht zulegen, sich anketten und dann den Schlüssel wegwerfen.

Ich residiere in einem Anwesen, in dessen unmittelbarer Nähe die Kommune mehrere Container aufgestellt hat, in denen die Bürger Glas (für jede Farbe einen eigenen Container), Altkleider und Blech entsorgen sollen. Das tun sie auch sorgfältig und regelmäßig.

Die Container für Glas sind metallisch grau verzinkt. Der für Altkleider ist feuerrot angestrichen und der für Metall beige und aus robustem Plastik. Alle wurden mit deutlicher Aufschrift versehen, wo jeder nachlesen kann, wo beispielsweise das Grünglas, das Braunglas, die leeren Sardinendosen und so weiter hinein zu werfen ist. Regelmäßig kommt ein großer LKW, der die Container mit viel Getöse entleert.

So weit, so gut. Jahrzehntelang pilgerten die Einwohner mit ihren leeren Flaschen, Konservendosen, und abgetragenen Kleidern zum Sammelplatz, einige mit vollen Schubkarren oder ganzen PKW-Ladungen. Gelegentlich beobachtete ich den einen oder anderen bei dessen gewissenhafter Tätigkeit, sich von wieder verwendbaren Rohstoffen zu befreien. Dann geschah das Unvorhergesehene.

Das Entsorgungsunternehmen lud den Container für Blech auf und entfernte ihn. Der Grund war offensichtlich, er hatte einen Riss bekommen, und Blechdosen quetschten sich aus seinem Bauch. Ein neuer Container wurde angeliefert. Der neue war jedoch nicht beige, sondern glich in Form und Farbe den Glascontainern. Damit nicht genug, er war ein wenig größer als der bisherige und passte nicht an den Platz, wo der alte gestanden hatte. Denn dort ist der Raum durch einen Zaun eingeschränkt. Also stellte man die neue Box ganz vorn in die Reihe. Ein riesiges Schild kennzeichnete den neuen Großbehälter als zuständig für Blech und anderes Metall.

Als ich wenige Tage später ein paar leere Konfitüregläser zur Sammelstelle brachte, traute ich meinen Augen nicht. Am Boden, wo der bisherige Metall-Container gestanden hatte, blinkten etliche leere Blechdosen. Und dabei stand der Metall-Container nur wenige Schritte entfernt. Sollte es Analphabeten in unserem beschaulichen Dorf geben? - Ich hob die Dosen auf und warf sie in den vorgesehenen Container.

Eine Woche später, ich brachte Flaschen zum Sammelplatz, lagen wieder leere Konservendosen, wo einst der alte Container gestanden hatte. Ein größerer Berg hatte sich aufgetürmt. Wieso wurde der neue Container am Anfang der Reihe übersehen? Oder war er bereits voll? Nein. Weit und breit kein Mensch. Der Sardinendosen-Blechberg konnte nicht von einem blinden Mitbürger allein hierher getragen worden sein. Denn ich vermochte mir nicht vorzustellen, dass jemand den wöchentlichen Fang einer Sardinenfischer-Flotte in fünf Tagen verspeist. Da mussten mehrere Missetäter am Werk sein.

Von meiner Penthouse-Terrasse kann ich auf die Sammelstelle blicken. Bisher hatte es mich nicht interessiert, wer dort wann und was entsorgt. Doch nun passte ich auf, wer sich nicht an die Vorschriften hielt. In schöner Regelmäßigkeit sah ich hinüber und erwischte - niemanden. Aber immer wieder warf irgendwer seine Dosen auf den leeren Containerplatz.

Es dauerte etliche Wochen, um genau zu sein Monate, bis meine Mitbürger den richtigen Container entdeckt hatten.

Der Pfosten

Mit der Lady meines Herzens im Auto war ich quer durch Frankreich gefahren. Hier und da hatten wir uns umgesehen und Quartier genommen.

Eines Tages fuhren wir langsam durch eine schöne Altstadt. Wir kannten die Stadt nicht, waren beide das erste Mal hier und bewunderten die historischen Gebäude und Gassen, ohne jedoch auszusteigen. Das würden wir später tun, nachdem wir einen Überblick hatten. Irgendwann bemerkte ich, dass die Passanten uns neugierig beäugten. Ich dachte mir zunächst nichts dabei, ein Auto mit einem ausländischen Nummernschild, da sollten sie ruhig schauen. Doch dann registrierte ich, dass wir mit unserem Auto offenbar das einzige Auto in den engen Gassen waren.

Hatte ich übersehen, dass Autos in der historischen Stadt unerwünscht waren? Ich konnte mich nicht erinnern, ein derartiges Schild erblickt zu haben. Auch die Lady meines Herzens hatte keinen entsprechen Hinweis bemerkt. Eine gewisse Unruhe stellte sich ein, und mir wurde mulmig. Es wurde immer offensichtlicher, Autos waren hier nicht erwünscht, wurden wahrscheinlich nicht einmal geduldet. Niemand nahm einen Stein auf, um damit auf uns zu werfen. Aber diese Blicke!

Also nichts wie schnell zurück. Doch die Gasse war zu eng zum Wenden. Ich konnte nur noch geradeaus fahren. Hoffentlich kam uns kein anderes Fahrzeug entgegen. Irgendwann würde bestimmt eine Wendemöglichkeit kommen. In der Ferne erblickte ich eine Schnellstraße, dort musste die Altstadt zu Ende sein. Nichts wie weg hier, bevor uns ein Polizist in den Weg sprang!

Als ich glaubte, endlich den historischen Teil der Stadt verlassen zu können, stand mitten auf der Straße ein Pfosten und versperrte die Weiterfahrt. Auch das noch, gefangen und eingesperrt! Es handelte sich um keinen billigen Holzpfahl, den ich hätte umnieten können. Es war schon eher ein Poller, an dem man drei Ozeanriesen vom Format der Titanic hätte festmachen können. Blanker Stahl ragte über einen Meter aus dem Boden, etwa 30 Zentimeter im Durchmesser. Wer seinen Wagen da gegen bretterte, dem war ein Totalschaden sicher.

Weder links noch rechts konnte ich an dem Pfosten vorbeifahren. Zwar war die Straße hier nicht mehr so schmal wie zuvor, aber fleißige Gärtner hatten links und rechts vor den Häusern massive Blumenkästen aus Beton aufgestellt, etwa einen Meter im Quadrat und einen halben Meter hoch. Ganz klar, man wollte unberechtigte Autofahrer an der Weiterfahrt hindern. Weit und breit keine Seele, auch kein Pförtner oder Polizist. Sollte ich rückwärts durch die engen Gassen der Altstadt fahren? Kein Vergnügen.

Ich hatte etwa zehn Meter vor dem Pfosten angehalten und überlegte. Wenn ich ganz nahe an den Pfosten und die Hauswand vor dem linken Blumenkasten fuhr, dann konnte ich ein Stück zurücksetzen. Nochmals vorfahren, wieder zurück, nachmals vor, wieder zurück und so weiter. Auf diese Weise würde ich das Auto umdrehen können. Ich fuhr ja keinen Bus, sondern einen Mittelklassewagen. Mein Vorhaben müsste gelingen, und ich könnte dann ganz bequem den Weg zurück fahren, den wir gekommen waren.

Ich startete wieder den Motor und fuhr langsam in den Bereich zwischen Pfosten und Hauswand. Da geschah das Unfassbare. Als ich mit dem rechten Kotflügel dem Pfosten ganz nahe war, setzte er sich in Bewegung und verschwand langsam im Boden. Die Straße war frei. Ich schaute, wo wohl jemand auf einen Knopf gedrückt hatte. Immer noch niemand weit und breit. Ich riss das Lenkrad herum und raste über den versenkten Pfosten, gerade noch rechtzeitig. Im Rückspiegel sah ich, wie das dicke Stahlrohr wieder aus dem Boden hervor kam. Puh, dass war knapp, dachte ich. Später kam mir der Gedanke, dass im Boden wahrscheinlich eine Induktionsschleife verlegt worden war, die bei Annäherung den Pfosten absenkte. Aber ich hatte keine Lust, auszuprobieren, ob das Hindernis auch verschwand, wenn ich auf derselben Straße in die Stadt hinein wollte.

Doch die Tatsache, dass das Hindernis im Boden versank, als ich mich ihm näherte, ihm quasi auf den Pelz rückte, stimmte mich nachdenklich. Man sollte Schwierigkeiten nicht meiden, sondern sie fest ins Auge fassen und auf sie zugehen. Manchmal verschwinden sie dann.

Martinstag

Am Abend des 11. November ziehen Kinder mit Laternen singend durch die Städte und feiern den Martinstag. Meistens wird dieses Ereignis vom Kindergarten organisiert. Doch weil ich nie einen Kindergarten besucht hatte, hatte ich nie mitgemacht, bis ich einen Anruf erhielt.

Die Leiterin eines Kindergartens rief an und fragte, ob ich nicht beim Martinsspiel mitmachen wolle. Die Rolle des Bettlers sei noch zu besetzen. Zwar wusste ich aus Berichten, worum es bei dem Spiel ging, fühlte mich aber zu alt und unerfahren. Die Dame am anderen Ende der Leitung hatte wohl schon etliche Absagen kassiert und ließ nicht locker, bis ich schließlich zusagte.

Das Wetter war trüb und kalt am Martinstag, wie es sich für einen Novembertag gehört. In eine schwarze Kutte gehüllt, entstieg ich meinem Auto und setzte einen Schlapphut auf. Das Ganze sah nicht so ärmlich aus, wie es sich für einen echten Bettler zur Römerzeit gehörte. Doch in der Dunkelheit spielte es wohl keine Rolle. Denn am Himmel hingen schwarzen Wolken, aus denen es erbarmungslos nieselte. Nur gut, dass ich einen Hut mit breiter Kempe aufhatte.

Zögernd näherte ich mich dem Platz, auf dem das Schauspiel stattfinden sollte. Weit und breit keine Kinder. Ein Lagerfeuer loderte, an dem sich die Männer wärmten, die es entfacht hatten. Die Kinder würden verspätet eintreffen, erfuhr ich von ihnen. Der Umzug mit den Laternen käme nur schleppend voran. Auch das noch. Feuchte Kälte stieg unter meine Kutte.

Ob der heilige Martin schon eingetroffen sei, wollte ich wissen. Ja, der warte hinter dem Feuerwehrhaus. Auf zum Feuerwehrhaus! Und da stand er, hoch zu Ross. Einen blinkenden Helm auf dem Kopf, der Brustpanzer blitzblank aus rostfreiem Stahl. Darüber ein roter Mantel. Ein Römer wie aus dem Bilderbuch. Wir wechselten ein paar Worte. Unsere Rollenverteilung war eindeutig.

Ich ging wieder zurück zum Lagerfeuer. Immer noch keine Kinder in Sicht. Der Nieselregen war heftiger geworden. Bald würde die Nässe durch meine Kutte sickern. Darunter war ich zwar nicht nackt, wie es sich für einen Bettler gehört hätte, aber etwas wärmer hätte ich mich schon anziehen sollen. Ich hatte mich auf maximal fünf Minuten Schauspiel eingerichtet, mehr gab meine Rolle nicht her. Und nun die Warterei in lausiger Kälte. Das Lagerfeuer kämpfte auch schon gegen Wind und Regen. Ich würde in der nahen Sporthalle warten, sagte ich den Männern. Sie sollten mich informieren, wenn die Kinder einträfen und das Spektakel zu beginnen habe.

Einige Sportler blickten erschrocken auf, als ich mich an die Heizung lehnte. Nach paar klärenden Worten beachteten die Sportler mich nicht mehr.

Ich war noch nicht ganz durchgewärmt, als ich durch die Fenster Kinder zum Lagerfeuer rennen sah. Und dann schimmerten auch einige bunte Laternen durch die Nacht. Es war so weit. Ich verließ meine Komfortzone und ging ebenfalls zum Schauspielplatz. Dort trat ich in den freien Platz neben dem Lagerfeuer. Um mich unzählige Kinder und deren Eltern. Das Spiel konnte beginnen. Wo blieb der römische Offizier Martin?

Aus einer elektronischen Flüstertüte ertönte die Stimme einen Frau, der Sprecherin:

Wir haben uns heute hier versammelt, weil wir an einen Mann denken wollen, der in seinem Leben viel Gutes getan hat, so dass wir ihn bis heute nicht vergessen haben. Es ist Martin. Von ihm kann man auch sagen, dass er viele Men-

schen wieder fröhlich machte, weil er ihre Not sah und ihnen half. Vor den Toren einer Stadt in Frankreich ereignete sich jene Tat, die Martin so beliebt machte. Martin war ein römischer Offizier. Eines Abends ritt Martin durch die eisige Kälte

in Richtung Stadttor. Doch die Kälte rührte ihn nicht, da er mit einem warmen Mantel bekleidet war. Vor den Toren der Stadt befand sich ein frierender Bettler, dem die eisige Kälte zu schaffen machte.

Bettler: *Es ist so dunkel, ich kann den Weg nicht mehr sehen. Mir ist so kalt und meine Füße werden mich nicht mehr weit tragen. Oh diese Kälte. Ich werde heute Nacht erfrieren müssen. Warum das alles?*

Wahrscheinlich wäre ich wirklich bald erfroren, wenn ich nicht den Hufschlag eines Pferdes gehört hätte. Ich brauchte das Zittern vor Kälte nicht zu spielen, es war echt. Vor dem nahenden Römer warf ich mich auf die Knie. Dass sich gerade dort eine Pfütze gebildet hatte, war mir entgangen. Regen von oben und nun auch noch Nässe von unten.

Bettler: *Haltet an, haltet an! Habt Gnade mit mir! Lasst mich nicht erfrieren!*

Der Offizier will weiter, ich soll verschwinden. Doch es geht mir wirklich dreckig mit beiden Knien in der Pfütze. Ich bettle erneut und schildere meine Situation. Überfallen worden sei ich, alles geraubt bis auf wenige Lumpen.

Bettler: *Oh, habt erbarmen! Ich bitt Euch, gebt mir ein Stück von Eurem Mantel, dann habt Ihr mich gerettet!*

Martin hat Mitleid, zieht sein Schwert, teilt damit den Mantel und gibt mir eine Hälfte. Ich brülle ihm Dankesworte hinterher, während er fortreitet. Applaus, das Spiel ist aus.

Die Kindergartenleiterin bedankt sich bei mir mit warmen Worten, einem Geschenk und Gutscheinen für die Erfrischungsbar.

Später, im meinem warmen Zuhause, denke ich noch lange über das Geschehen nach.

Das Schlossgespenst

Es ist nun bereits viele Jahre her und geschah fast in einem anderen Leben. Meine Kinder, zwei Buben und zwei Mädel, waren noch klein, die Jüngste gerade vier Jahre alt geworden.

Ich war mit ihnen in einen großen Freizeitpark gefahren, wo wir den ganzen Tag zugebracht hatten. Karussell, Wildwasser-Kanu-Fahrt, 180-Grad-Kino, Zuckerwatte, Geisterbahn, Würstchen, Pommes und was Kinder sonst noch so mögen. Alles vom Feinsten und zur allgemeinen Zufriedenheit. Weil wir zum Freizeitpark ein paar Stunden mit dem Auto unterwegs gewesen waren, hatte ich in weiser Voraussicht geplant, nicht am selben Tag wieder heim zu fahren.

Nach dem Besuch des Freizeitparks steuerte ich eine Jugendherberge an, wo wir übernachten wollten. Dort erhielten wir ein gutes Abendessen und ein Familienzimmer mit acht Betten, jeweils zwei übereinander. Es hätten in dem Raum also noch drei Reisende mehr untergebracht werden können, aber wir blieben unter uns.

Nach dem aufregenden Tag im Freizeitpark war ich rechtschaffen müde und hätte mich am liebsten gleich ins Bett gelegt. Doch mein Nachwuchs musste erst noch den Spielplatz inspizieren, alle Geräte ausprobieren und anschließend den Sternenhimmel bewundern. Erstaunt registrierte ich, wie viel Energie in so kleinen Geschöpfen steckt.

Es ging schon auf Mitternacht zu, als in unserem Zimmer endlich Ruhe einkehrte und ich das Licht ausschaltete. Doch kaum war ich eingeschlafen, als ich durch Gepolter und Geheul wieder geweckt wurde. Schlaftrunken tappte ich aus meinem Bett und suchte den Lichtschalter.

Endlich Licht von der Zimmerdecke. Ich erblickte die Jüngste auf dem Fußboden, das weiße Bettlaken wirr um sie ausgebreitet. Sie zitterte am ganzen Körper, und dicke Tränen kullerten über die zarten Wangen. Mein erster Gedanke: Sie ist aus dem fremden Bett gefallen, hoffentlich hat sie sich nicht verletzt.

Beruhigend redete ich auf sie ein und versuchte zu ermitteln, ob es eine blutende Wunde oder gebrochene Knochen gab. Sie hatte in einem der unteren Betten gelegen, konnte also nicht tief gefallen sein.

„Bist du aus dem Bett gefallen?" Sie weinte erneut auf, jammerte Unverständliches, und noch dickere Tränen füllten ihre Augen.

Mein ältester Sohn gab ihr einen Keks und redete ebenfalls beruhigend auf sie ein. Nach und nach entlockten wir der Kleinen gemeinsam, was vorgefallen war.

Sie war nämlich nicht aus dem Bett gefallen, sondern heimlich aufgestanden. Dann hatte sie sich das Bettlaken über den Kopf gezogen und wollte mir und ihren Geschwistern als Schlossgespenst erscheinen. Die Jugendherberge war in einem ehemaligen Schloss eingerichtet worden. Und irgendwie hatte die Kleine erfahren, dass es in Schlössern Schlossgespenster gibt. Da nichts passierte, als ich im Raum das Licht ausgeschaltet hatte, war ihr wohl der Gedanke gekommen, selber das Schlossgespenst zu mimen. Wahrscheinlich war sie auch durch die Fahrt in der Geisterbahn des Freizeitparks dazu inspiriert worden.

Vor den Fenstern unseres Zimmers hingen keine Gardinen. Es war nicht völlig dunkel im Raum, weil von einer fernen Laterne ein wenig Licht einfiel. Als die Jüngste nun aber ihr Bettlaken über den Kopf gezogen hatte, stand sie plötzlich in absoluter Dunkelheit. Sie hatte offenbar ein paar Schritte getan, war gegen einen Stuhl gestolpert, vielleicht auch auf das Laken getreten, und hatte sich furchtbar erschreckt. Verzwei-

felt hatte sie sich das Bettuch vom Kopf gerissen und saß dann weinend mitten im Zimmer.

Sie mochte es nicht zugeben, aber vielleicht fühlte sie sich von einem anderen Schlossgespenst berührt, als sie gegen irgend etwas im Raum gestoßen war. Jedenfalls hatte ihr das Geschehen dermaßen zugesetzt, dass sie am ganzen Leib zitterte und es eine gefühlte Stunde dauerte, bis sie sich beruhigt hatte und wieder ins Bett legte. Die weitere Nacht verlief ohne Störungen, und am nächsten Tag war unsere Jüngste bester Laune und alle lachten über das Ereignis der vergangenen Nacht.

Der Gipfel

Die Berge in den Alpen haben oft bedeutungsschwere Namen. Etliche davon habe ich bestiegen, nicht die mit den großen Namen und auch nicht mit Seil und Haken, sondern einfach zu Fuß. Der höchste Gipfel ragt 2503 Meter über den Meeresspiegel hinaus. Wobei ich nicht ganz sicher bin, ob es vielleicht sogar 2505 Meter sind, die Schildermaler waren sich da nicht ganz einig. Bergsteiger mögen über derartige „Hügel" lächeln. Bei mir hinterließen jede Besteigungen einzigartige Eindrücke.

An einem Sommertag, wie er sommerlicher nicht sein kann, fuhr ich nach Österreich ins Montafon. Fast mühelos hatte ich die Lindauer Hütte erreicht, und die Mittagsstunde stand noch bevor. Da lockte mich die Geißspitz in 2334 Metern Höhe. Von dort würde man bestimmt einen wunderschönen Rundblick haben. Also auf!

Der gut gekennzeichnete Wanderweg schlängelte sich in endlosen Serpentinen den Hang empor. Als mich junge Leute überholten, bemerkte ich, dass ich deren Tempo nicht mithalten konnte. Einfach geschmacklos, wie die Typen an mir vorbei zogen und mich dabei auch noch mitleidig anschauten, wenn ich auf einem Stein pausierte!

Keine Wolke ließ sich am blank geputzten Himmel blicken. Lediglich die Sonne stand direkt über mir und sandte nicht nur Licht, sondern auch fantastische Hitze auf mich hernieder. Zur Winterzeit hätte ich Freudentänze darüber aufgeführt. Nun presste die Wärmezufuhr den letzten Tropfen Flüssigkeit aus meinem strapazierten Körper, die meine gesamte Kleidung durchnässte, als wäre ich stundenlang durch einen Wolkenbruch marschiert.

Von Pause zu Pause wurden meine Wanderabschnitte kürzer. Aber der Gipfel kam näher, und ich würde ihn erreichen. Ich musste ihn erreichen. Irgend etwas passiert psychisch bei mir, wenn ich mir vornehme, den höchsten Punkt eines Berges zu erringen. Ich weiß nicht, was es ist, aber ich kann dann einfach nicht aufgeben und bin erst zufrieden, wenn ich oben stehe.

Es würde auch dieses Mal herrlich sein neben dem Gipfelkreuz. Da war ich mir sicher. Ich würde mich niedersetzen, meine Brote aus dem Rucksack holen, heißen Pfefferminztee trinken und einfach nur genießen. Es war kurz nach zwölf Uhr. Noch vor ein Uhr würde ich den Gipfel betreten. Oh, wie schön würde es dort oben sein. Oft wehte auch an heißen Tagen wie diesem, ein erfrischendes Lüftchen auf der Bergspitze. Das hatte ich oft erlebt. Bis jetzt war nichts von der erfrischenden Brise zu spüren. Aber bald, bald würde ich oben sein. Nur noch eine Kehre, nein, vielleicht zwei oder drei.

Ich weiß nicht mehr, wie vieler Kehren es bedurfte, bis ich das Gipfelkreuz in greifbarer Nähe sah. Aber was war hier los, kein Mensch weit und breit? Wo waren all die Wanderer, die mich überholt hatten? Warum blieb der kühlende Windhauch aus? Kein Lüftchen regte sich. Und wo kam der einzigartige Duft her?

Ich stand bereits im Kot der Geißen, bevor ich die Quelle des Gestanks entdeckt hatte. Übelkeit regte sich in mir. Offenbar war der Gipfel die Toilette von Hunderten, nein Tausenden, wenn nicht gar Millionen gehörnter Tiere, die in diesen Höhen so leichtfüßig umher stiegen. Allerdings erblickte ich nicht ein einziges jener Tiere.

Wie ein Storch in seichtem Wasser durchquerte ich die Kloake, stets die Stellen im Auge, wo ich nicht bis zu den

Knöcheln einsank. Denn ich hatte nicht vor, auf dem Weg zurück zu gehen, den ich gekommen war, sondern wollte über das Golmer Joch hinabsteigen. Endlich lagen nur noch ab und an Kötel auf dem Weg. Ich brauchte gefühlte zehn Kilometer, bis ich das Aroma der Bergziegenhinterlassenschaft aus der

Nase hatte und die erträumte Pause einlegen konnte.

Es war immer noch ein schöner Sommertag, obwohl nun vom westlichen Horizont erste Schäfchenwolken herüberzogen. Auch eine leise Brise, eine wirklich leise, umwehte meinen geschundenen Körper, als ich endlich auf einem Grassoden sitzend in mein mitgebrachtes Brot biss und heißen Pfefferminztee aus der Thermosflasche schlürfte. Nie zuvor hatte ich so delikates Brot gegessen und einen so köstlichen Tee getrunken.

Ich genoss noch einige Zeit den Blick in die Täler und auf die umliegenden Bergkuppen, bevor ich hinab stieg. Dabei begriff ich dann, warum jener Gipfel, den ich bezwungen hatte, Geißspitz hieß.

Autor

Reinhard Staubach, 1947 in Polen geboren, lebt seit 1958 in Deutschland. Nach dem Besuch der Volksschule absolvierte er eine Lehre zum Elektromechaniker, fuhr zur See, erwarb das Abitur auf dem zweiten Bildungsweg und studierte Germanistik und Erziehungswissenschaft an der Universität Mannheim. Während zwei Jahrzehnten Berufstätigkeit im Führungsmanagement, lebte er zeitweise in Frankreich. Neben seinen Büchern wurden viele Erzählungen und Kurzgeschichten in Zeitungen und Zeitschriften in Deutschland, Österreich, Frankreich und der Schweiz publiziert.

Weitere Bücher
von Reinhard Staubach:

Possierliche Verse - 63 Staubericks

Wiedersehen in Lissabon - Erzählungen

Starnitz - Eine Reise nach Pommern und Ostpreußen

Das Fledermaus-Sportfest - Illustrierte Erzählungen aus dem Reich der Fabeln

Dem Licht entgegen - Spirituelle Erlebnisse

Ein Kiesel zum Verlieben - Gedichte

www.reinhard-staubach.de

staubach@aol.com